大雅

为一种品格注脚

别样的传统

约翰·阿什伯利　著

范静哗　译

广西人民出版社

序 言

千禧将近，我越发意识到十年前接受诺顿讲座之时的承诺仍未完成，亦即将讲稿付梓出版。我惯性的拖延症又因一些实际问题的数量之多而更加严重：添加脚注、核定事实、校正讹误以及一堆其他问题，作为诗人只会乐于拖延，以期耗费时间用于写诗。更主要的问题在于如何将讲稿转换为论文，口语和书面语之间的矛盾有点微妙。这可能对我更加困难，因为我写诗也是用口语。所幸的是我有一位朋友，她既是一位绝佳的诗人，还曾是图书编辑，现在是美国商船学院的文学教授，执教甚严。罗珊娜·瓦瑟曼（Rosanne Wasserman）还具备各种电脑技能，在当今，若无这些技能，似乎任何事都难以完成，而我没能掌握，显然是生得太早。她对我的帮助极大，她编辑手稿、打字、查核文献，而她的先生，诗人、教授尤金·瑞奇（Eugene Richie），也同样施以援手。尤金的帮助非常实在，包括开车送我去坎布里奇做演讲，让我有时间在后座上对讲稿进行最后润色。我对他俩无限感激，也感激大卫·科尔曼尼（David Kermani），他的精神支持既可感可触又不可或缺。同样给予帮助的还有坎布里奇的朋友们，如艾德·巴瑞特（Ed Barrett）和他妻子詹妮（Jenny）（艾德在麻省理工学院教授诗歌，比商船学院更不像孕育诗歌的地方）。更需提及的是诗人比尔·考贝特（Bill Corbett）和他妻子贝弗莉（Beverly）在波士顿南端的温馨之家。海伦·文德勒（Helen Vendler）和谢默斯·希尼（Seamus Heaney）身在哈佛，亲加鼓励，令我感激不尽，同样也感激已经仙逝的哈利·列文（Harry Levin），我有幸在读本科时师从他学习。普林斯顿的怀斯（Weiss）伉俪西奥多（Theodore）和蕊奈蕾尼（Renée）热心牵线，帮我联系上了戴维·舒贝特（David Schubert）的遗孀朱迪丝·克莱恩斯（Judith Kranes）（现已辞世），她允许我翻印威廉·卡洛斯·威廉姆斯（William Carlos Williams）写给他们的有关舒贝特的一封信。斯特拉迪思·哈维亚拉斯（Stratis Haviaras）很暖心地让我随便使用哈佛图书馆的拉蒙诗歌阅览室（Lamont Poetry Room）。艺术史家亨利·泽尔纳（Henri Zerner）简直是无所不知，他为了安慰我，私下告诉我说，他朋友查尔斯·罗森（Charles Rosen）也还没把诺顿讲座稿交出去（它们后来也出了）。最后，我要感谢哈佛大学出版社的编辑们，他们专业的编辑意见使我能够宽下心来。

目　录

一

约翰·克莱尔:"天光穿越的灰暗开口"

　　意识到自己要登上查尔斯·艾略特·诺顿讲座，我脑子里满是疑惑，我怎么就有幸被选中了呢？对此我可说是一无所知。匿名评审委员会宣布人选时，丝毫没暗示他们对我有什么期待。当然，我确实也有几个解释。首先想到的是，既然我以神秘诗作者为人所知，那么我在讲座时也许应该像俗话说的那样"倒豆子"：就是说，我或许可以一不小心说漏嘴，说出什么会打开我诗歌命门的钥匙，从而一劳永逸地解决这个困扰人们已久的问题。学界似乎有一种感觉，认为我的诗歌有能够激发人们兴趣的东西，不过那东西有何最终价值却少有一致意见，至于那东西若有意义，那意义到底是什么，则有很大混乱。

　　遗憾的是，我很不善于"解释"自己的作品。有一次，我与诗友理查·霍华德（Richard Howard）的学生一起，我曾试图利用问与答的时间解释自己的诗，结果他事后对我说："他们要的是打开你诗歌的钥匙，你却交给他们一套新锁。"那个经历概括了我对给自己诗歌"解锁"的感觉。我做不了解释自己诗歌这样的事，因为我觉得我的诗歌就是解释。但是解释了什么呢？解释了我的想法呗，随便那种想法是什么吧。在我看来，我这想法本身既是诗歌又是解释诗歌的努力，这两者不可割裂。我知道这样说谁都不能接受，也许会被当作诗人的狂妄自大，或者某种形式的拒人于千里之外。碰上一些场合，我尝试讨论我诗歌的意思，我发现自己只是在编造一些听来真确的阐释，而我自己知道那都是些假话。那样做在我看来算是某种狂妄自大。话说回来，作为一个诗人，我自然很在乎观众，实在抱歉，我不经意中造成了进一步的混乱。用 W.H.奥登（W.H.Auden）的话说，"如果我能告诉你，我自会让你知道"[1]。由于不能对自己的作品做出令人满意的解释，我多少有些沮丧，这种无能似乎也说明我在某种程度上创造能力有限。说到底，既然我能够创作诗歌，为什么我就不能创造意义呢？但我还是保持"多少有些沮丧"得了。如果说我未能更敏悟些，那很可能是因为我内心深处一直盘踞着这样的念头：事情就该如此。对我来说，诗歌的开始与结束都在思想之外。当然，诗歌创作过程中确实有思想的参与，有时候我的作品似乎仅仅是我思考诸过程的记录，与我实际在思考什么并无关系。若此话不虚，那么我也乐意承认我是有心要将这些过程转化为诗意客体，亦即一种立场，近似于威廉姆斯所说的"不要存有观念，除非存之于物"，而我要申明，在我看来，观念也是物。现在我要求助于其他作家，引用他们的话（先不管爱默生的那句"我讨厌引用，告诉我你知道什么就好"）[2]。谈到诗歌中是否存在观念，乔治·摩尔是一位比我右得多（或左得多）的作家，他这样说："时间不会令诗歌衰萎，习俗也不会令诗歌无味，假若诗歌未被思想投下苍白的病容。"[3] 他这话写在他所编的一本薄薄的"纯"诗选的前言中，他所谓的"纯"，便是指一种没有观念的诗。由他再进一步，则可预见威廉姆斯，尽管他可能对威廉姆斯并不那样看重，因为他这样说，"也许现在时机已到，该有人追问到底在物还是观念中才有诗歌，到底是戈蒂耶（Gautier）的《郁金香》（*Tulipe*）还是华兹华斯（Wordsworth）那些政论式的牧师般训诫口吻的十四行诗更令人愉悦"。戈蒂耶的那首十四行诗，"避免了道德的追问……将《郁金香》拔高到一个比济慈咏秋的十四行诗更高的水平"。摩尔的朋友约翰·弗里曼（John Freeman）抗议道："如果除了描写外部世界的诗，你容忍不了任何别的诗歌，你的阅读范围大概也就仅限于莎士比亚的歌谣了。"摩尔的那本诗选确实包括几首莎士比亚的歌谣，还包括约翰·克莱尔的两首诗，他正是我在第一章就要讨论的诗人（摩尔的诗选几乎也把济慈排除在外，摩尔对他的说辞是，

"我觉得他动不动就显得像一只小猫咪躺在暖洋洋的草坪上")⁴。

至于我为何受邀作这系列讲座，我还想到了第二个可能的原因。但是我还是先提一下约翰·巴斯（John Barth）说的话："你别把作家说的任何话太当真，他们并不知道他们为何要做所做的事。他们就像优秀的网球手或画家，往往是一开腔就是一大通胡扯，狂妄自大，令人尴尬，要不就完全扯淡。"⁵ 我想，既然我是作为一个诗人而不是学者为人所知，也正因为我不被人视为学者，所以人们也许会想，我从匠人的角度谈谈诗歌倒会有些趣味。我写诗，它是怎么发生的？背后的动力是什么？尤其是，写诗时我注意到了诗是什么，我诗作的背后是什么？也许有人想知道这些。结果是，我也觉得这才更有可能满足人们的期待。因此，我将会谈谈一些诗人，他们可能给了我一些影响（不过，影响这个问题似乎令诗人很是不安，就好像拿着望远镜倒着看，对批评家来说就不一样了，他们本来就是要这样利用望远镜的；我现在还不想立即进入这个话题，不过这个话题还是会插进来的）。我列出来要谈的诗人都是些公认的次要诗人。选择这些诗人的理由有三：首先，对于那些我自认影响过我的诗歌大家，批评文章汗牛充栋，我很怀疑我还能添加多少有价值的东西，例如，W.H.奥登，从时间上来说是最早影响我的人，因

此这影响也是最重要的，其他人物还有华莱士·史蒂文斯
（Wallace Stevens）、玛丽安·摩尔、格特鲁德·斯泰因
（Gertrude stein）、伊丽莎白·毕晓普（Elizabeth Bishop）、
鲍里斯·帕斯捷尔纳克（Boris Pasternak）以及奥西普·曼德
尔施塔姆（Osip Mandelstam），多多少少还有威廉·卡洛斯·
威廉姆斯。必须指出的是，还有一些二十世纪的重要诗人不
在这个名单中，但一个人是无法选择谁来影响自己的，而是
被影响所选中，当然这会导致一个人列出来的单子看起来是
反的，这有点令人尴尬。影响过我的这些次要诗人，我能列
得很长。我会想，大多数诗人都对经典应该是哪些有自己的
看法，而且与一般的文学作品选编者的看法很少相似。这也
就是我为什么从一开始就把这个讲座系列称为"另一种传
统"，但随后我就后悔了，觉得更确切一点的提法应该是
"别样的传统"（虽说每个诗人都有自己不同的传统，也许
更正确的说法还是把它们统称为"另一种传统"）。对我意
义重大的诗人因我处于不同时期而有不同，如 F.T.普林斯
（F.T.Prince）、威廉·燕卜荪（william Empson）、英国诗人
尼古拉斯·摩尔（Nicholas Moore）（他被忽视得令人痛
心）、戴尔默·施瓦茨（Delmore Schwartz）（曾经被认为是
重要诗人）、茹丝·赫希博格（Ruth Herschberger）、琼·穆
雷（Joan Murray）、吉恩·盖里格（Jean Garrigue）、保罗·

古德曼（Paul Goodman）、塞缪尔·格林伯格（Samuel Greenberg），我还可以列个不停，但我想大家也知道我的意思了。这些都不是大众瞩目的诗人，但曾经是我关注的中心。如果这意味着我不是大家关注的中心，那随便好了：我只是要说出实际发生在我身上的事，而不是应该发生在我身上的事。

一个人偶尔会受到某些诗人影响，此外，他还会习惯性地读读几个诗人的作品，为数不多，但读了就是为了开启；当写诗的电池即将用完时，用以触发写作，一点就着。对我来说，最有效的人物是荷尔德林（Friedrich Hölderlin），但由于我并不能阅读他的原文，而且他怎么说都是一个诗歌大家，我想最好还是不谈为妙。帕斯捷尔纳克和曼德尔施塔姆也是两位诗歌大家，出于同样目的我也不谈；我很多年前在哈佛的拉蒙特诗歌图书馆里最初读到帕斯捷尔纳克，那是很少有人知道的 J.M.科恩（J.M.Cohen）译本。在这个系列讲座中，我会谈谈不同角度的触发，谈谈几位次要诗人，每当不同时期我需要再想一下诗是什么的时候，我就会来读这几位。他们是约翰·克莱尔、托马斯·罗威·贝多斯（Thomas Lovell Beddoes）、约翰·惠尔赖特（John Wheelwright）、劳拉·瑞丁（Laura Riding）和戴维·舒贝特。唯一的例外是法国作家雷蒙德·鲁塞尔（Raymaond Roussel），我觉得和他有一股无法衡量的契合，但我却不能说阅读他曾给过我什么直接的灵感。那影响产生作用的方式很奇怪，是倒着的，也不是直接的，所以我受到影响之后很久才意识到，至今我还会陆续发现当时从未意识到的蛛丝马迹。

这些影响的痕迹构成了一袋大杂烩，当然有时候好东西就是袋装的大杂烩。我选择的这一组诗人，他们之间唯一的联系就是曾经对我作为作家的成长非常重要，我这么选也许有点太自以为是。对那些对此并不以为然的人来说，既然本书所谈的大多数诗人相对不那么耳熟能详，而且也没有获得评论家们的过多关注，那么我只希望这足以充当阅读本书的理由。

我回溯那些令我得益良多的作家时，不知什么原因，他们似乎大多数是这世界所称的次要诗人。这是不是因为一个人开始从事写作这种冒险行当时，往往会觉得自己是一个人生输家，因此对这样的人具有一种内在的同情？是不是出于胜人一筹的欲望，那种要赶在别人之前炫耀自己神秘的发现？或者是否因为诗歌中所谓的次要诗人具有某种内在的激发力，可以对我们有所影响，而诗歌大家只能在一边搓手而已？可到底什么是次要诗歌呢？

这个问题就是让人不必一本正经，奥登在给他选编的《十九世纪英国次要诗人》（*Nineteenth-Century British*

Minor Poets) 写前言时，便顺水推舟，恰如其分地回应了要求。对"谁是重要诗人，谁是次要诗人？"这个问题，他的回应是："人们有时会倾向于认为这不过是学术时尚而已：如果普通院校的英文系课程表里设了一门专门研究某个诗人作品的课程，那么他就是一个重要诗人，如果没有，那他就是个次要诗人。"他进而写道：

> 我们不可以说一个重要诗人写的诗就比次要诗人写的好；相反，很有可能是，在其整个创作生涯中，重要诗人将会比次要诗人写出更多的坏诗。同样明白不过的是，诗人给予具体读者的愉悦也是如此：我欣赏不来雪莱的某首诗，但对威廉·巴恩斯（William Barnes）的每一行都喜欢得很，可我非常清楚雪莱是个重要诗人，而巴恩斯是个次要诗人。要想够格称为重要诗人，在我看来，似乎必须满足下面条件的三个半：
>
> 1. 他必须写出很多作品。
> 2. 他的诗歌必须有很宽的主题范围和处理方法。
> 3. 他必须展现出灵视和风格上确凿无疑的原创性。
> 4. 对于所有诗人来说，我们必须区分他们少年之作与成熟作品，但在重要诗人那里，成熟的过程一直持续到他离世，因此假若他有两首同样成功的诗篇作于不同

时期，读者能够立即说出哪一首是先创作的。而在次要诗人那里，无论这样的两首诗多么优秀，读者也不能基于诗作本身解决编年问题。

他还加了一句，"满足所有条件并不是关键，这我也说了。例如，华兹华斯并不能成为技艺大师，也不能说史文朋（Swinburne）的诗歌以主体范围之广见长，必然要有一些边界个案"[6]。

对于奥登的这个重要诗人标准测试，有一个诗人仅仅通过了其中一条，但被收入他编选的诗集，那就是约翰·克莱尔。在我看来，克莱尔并不属于奥登划分的最后一类。这一点还可以讨论。不过，总的说来，他的早期诗歌和晚期诗歌有显著的不同，一部分原因在于他去世前的二十七年大多数时间被关在精神病院。宽泛点说，他的早期作品可以说没有涉及任何其他事物，只写海尔普斯通（Helpstone）附近的环境，这是诺斯汉普顿郡（Northamptonshire）沼泽地区的一个村落。他的后期诗歌更加内省，相对说来质朴无华，对乡村朝生暮死之物拉拉杂杂的列举也没那么多。早期诗歌的巅峰是一首优美的长诗《乡村吟游歌手》（*The Village Minstrel*）以及一组亮丽的短章。那首长诗可说从始至终最充分地展现了克莱尔的技艺，而那些短篇，尤其是那些十四行诗，对他来说形式独特，成为他集中表现大自然的理想工具，而他也做得很出色，简洁明了，玲珑剔透。这样的一个诗人，有着不完美的习惯，甚至可说是有着不完美的长处，他完美无瑕的篇什可谓难得，它们大多收入了他出版于1820年的第一本诗集《描绘乡村生活与风景的诗篇》（*Poems Descriptive of Rural Life and Scenery*）。这本诗集是克莱尔最初也是唯一真正意义上的成功之作，在此之后，又出了四个版本，最终销量达到三万五千本，而此时出版商约翰·泰勒（John Taylor）却还在努力销售济慈的第三本诗集，同样出版于1820年，而印数不过才五百本。

"农民诗人"的称号一夜之间如雷贯耳。泰勒邀请克莱尔去伦敦，他先后去了四次，这是第一趟。他穿着他的那身草绿大衣，与查尔斯·兰姆（Charles Lamb）、威廉·哈兹利特（William Hazlitt）、柯勒律治（Samuel Taylor Coleridge）以及德·昆西（Thomas De Quincey）等人亲密交流。经人介绍，他结识了一些有钱的赞助人，他们谈论着预订购阅，以便将他从日常劳动中解放出来。这事最终实现了，但是年金从未真正满足他的所需，到最后，常年贫困成为令他疯病恶化的因素。接着，那些赞助人，尤其是某个著名的拉德斯托克爵士，开始对他的诗作动手动脚，企图清除掉所谓的激进想法（就是克莱尔面对圈地之恶和乡村穷人的窘困境遇所表达的抗议)、反教权主义以及认为涉性或色情的段落。不过,克莱尔还是与这些文学新知中的几位发展出了长久的关系,他们对他的诗歌积极回应,能够透过表层,看出克莱尔自称的"小丑方式"后面的敏锐智慧。他也会随手描绘一下他们,用语奇特而机敏,近乎他对田鼠或牛蒡的白描。例如他笔下的哈兹利特:"若他走进房间,他必是双眼捧在手中那样躬着身,目光低垂似乎要扫过每一个角落,像是闻到了粪臭或嗅到了小偷,随时要抓住他衣领要钱要命,他身材中等,脸色黝黑,皱纹很深,有着冷嘲热讽的性格,双眼明亮,可是深陷在眼眉下,他简直就是行走着的讽刺画。"[7]

克莱尔的第二本书《乡村吟游歌手及其他诗篇》(*The Village Minstre and other Poems*)于1821年由泰勒出版社印行,还算成功,不过由于出版社方面的拖延,他的第三本诗集《牧人日历》(*The Shepherd's Galendar*)直到1827年才面世,至此,克莱尔旋风已过,大众对他的诗歌也意兴阑珊。泰勒出版社的热情似乎也已消退。编辑的第一个任务是转写克莱尔不加标点的粗糙手稿,整理成可以印刷的稿子,在此过程中,尽管总体说来也还尊重他的诗歌主旨,但经常会改换文字,删除方言用语以及"不雅之词"这些对他诗歌至关重要的元素。但《牧人日历》终于令他又产生一轮难忍的怒气，印出来的版本对他作品的肢解没有一丝诗歌感觉，之前的两本从未这样删减。常常是事后都想象不出泰勒到底有何理由做出那些删改，这就包括拒绝了有关七月的整个部分，而克莱尔尽职地提供了更弱的替代版本。问题在于克莱尔的主题范围有限，而在今天，每个人都看得出那是他诗歌的一个元素，欣赏他的人理所当然心满意足地接受了下来。第一本诗集令人耳目一新，那种迷醉感横扫伦敦，犹如一阵疾风带来令人陶醉的新鲜气息；在此之后，读者并不会不可理喻地期待克莱尔给他们带来全新的惊喜。不过，他能玩的游戏名称也只能是刘郎再来。从二十世纪末的观点来看，这种了无变化对于看重他的人来说，显得并非缺陷，而是他作品的特有肌理。他的作品形式方面的怪癖，并非刻意所为，对于读遍当今时代诗歌的读者来说已经不算是什么麻烦。詹姆斯·李甫斯（James Reeves）是克莱尔的一位现代编辑，他说得中肯："如果完整阅读克莱尔的全部诗篇，就会对他的瑕疵习以为常、视而不见，甚至于爱屋及乌，即使还会继续担心这些瑕疵可能阻碍其他读者。这些瑕疵已然是他诗歌的一部分，诗歌表达的就是这个人……他的诗作就像产出它们的英国中部农村一样，不会哗众取宠，也不会戏剧化，它们所揭示的美更多的属于当地居民，而不属于外来游客，这种景致的品质秘而不宣且亲若家人。然而，诗歌需要选材。风景也有其沉闷的段落、重复的地界,偶尔还有非地方性元素掺杂其间。"[8]

由此观之,相比于精挑细选出来的短篇作品,一首长诗肯定遭受不公。《牧人日历》包括克莱尔最精美的作品,但也包括一些顺口溜,甚至有些较优秀的段落也会显得单调,只有具有独特能力的读者才会欣赏他诗歌的本来面目:要以美与无意旨去提炼自然的世界,让其乏味但显著的特征保持原封不动。

《牧人日历》之后直到1837年克莱尔首次被隔离之间的诗篇,本质上来说结构依然是一贯秉持的个人特色,但在技艺上似乎更加纯熟。主导着他在精神病院期间的哀歌式告别口吻也从这个时期开始逐渐显露。1837年,在被关进艾坪(Epping)林区的高毛榉(High Beech)精神病院之前,克莱尔生活中有一件变故:他和家人被逐出海尔普斯通,迁到不远的诺斯布罗(Northborough)村,一位富有的赞助人为他们提供了一栋舒适的农舍,当然并非全部免租。按说这可算是上了一个台阶,这个新居不过距他出生并长大的粗陋村舍仅三英里(约4.8千米),但已是一个全新而又奇异的世界。自他写诗之初,丧失感就是他的主调,这与他对自然所具有的自发而直白的快乐紧密相连。这些丧失感以及快乐都很真挚。1809年,圈地运动波及海尔普斯通,那年克莱尔十六岁。这之后，他笔下的风景再也不似从前：沼泽被抽干，怡人的荒原上树木被清除，土地被耕作，被篱笆隔开。更令他伤心的是，他与少年爱侣玛丽·乔伊斯（Mary Joyce）的关系断了，也许是因为克莱尔家境贫寒，虽然也有人暗示这要怪女方。随着时间流逝，克莱尔犹如奈瓦尔（Nerval）一样，将她升华到缪斯和守护天使的地位，成了他梦想的伴侣，最终他变得自己都相信她就是他的妻子。（"我与你一道睡去，一道醒来，/可你却并不在我身边"，这是他1842年从诺斯布罗精神病院写给她的话，那时她已经去世九年。）[9] 实际上，他在1820年已与玛莎·特纳（Martha Turner）结婚，人们称她帕蒂，为他生了七个孩子。虽说他们是奉子成婚，但婚姻生活似乎还算美满。克莱尔在精神病院常会写到两个妻子：玛莎和玛丽。不过，他居住在诺斯布罗且还没进入精神病院的那段时间，克莱尔写出了包括《鼠窝》（*Mouse's Nest*）在内的十四行诗中美得令人心碎的篇章，以及另外几首较长的优秀诗作，例如《迁徙》（*The Flitting*）和《童年乐趣》（*Boyhood Pleasures*）。

精神病院期间克莱尔诗作价值如何，人们的看法一直有较大分歧。有时，批评研究和他的新诗歌版本似乎突然迸发，在之前的二十五年里，刚好遇到癫疯研究的新风潮，这部分原因在于 R. D. 莱恩（R. D. Laing）和米歇尔·福柯

(Michel Foucalt) 影响深远的著作。也许正是为了回应他们的态度，唐纳德·戴维 (Donald Davie) 才以他特有的暴躁脾气写道:"总有些开化了的俗人，出于给人诊病或更可疑的理由，宁愿去读诗人脑子出问题时写的诗，而不愿意读他们心智健全时写的诗。当今的诗人太清楚了，他们要是能在精神病房关上一阵子，很有利于提升他们的名声和销量。但是，任何读克莱尔诗歌的人，目的在于读诗而不是读出其他什么，他们宁可读克莱尔心智健全时的《牧人日历》，而不会去读疯病缠身的晚期克莱尔，那些从可怜的手稿中痛苦辨认出来的诗篇。"[10] 英国诗人伊莲·芬斯坦 (Elaine Feinstein) 附和说"疯狂的诗人"赢得了"不相称的赞誉"[11]。不过，哈罗德·布鲁姆 (Harold Bloom) 却在克莱尔一些写于精神病院的诗篇中看到"一种华兹华斯般的灵视"，它达到了"一种最终结的权威"，他还说，那其中的一些篇章，"丧失感转化为了人性的永恒而拒斥自然，一种近似于布莱克的……启示"[12]。马克·斯托雷 (Mark Storey) 可谓当代最勤勉的克莱尔诗歌评论家，他坚持认为"任何真正清醒的、前后平衡的观点就必须包括这样的认识:精神病院期间的诗歌代表着（他的）最高和最充分的成就"[13]。

无疑，布鲁姆挑出来特别赞扬的"三联诗"《永恒之邀》

(*An Invite to Eternity*)《我是》(*I Am*) 和《一个幻象》(*A Vision*)，是克莱尔最庄严的诗篇，也在英语伟大诗篇之列，这一点选本编者一直都很认可。他的拜伦风格最少的精神病院诗篇《孩童哈罗德》(*Child Harold*)，与《乡村吟游歌手》和《牧人日历》相比，可谓他长诗最成功的努力，尽管这首诗中的阴郁和朴素已完全没有了早年对乡村生活的虚浮赞美。不过，也还有一些其他的珠玉之作，例如颇具布莱克之风的《我隐藏起我的爱》(*I Hid My Love*)（而就我们目前所知，克莱尔并不知道布莱克的诗歌），以及偶尔回归一下半喜剧风格的作品，如《致华兹华斯》(*To Words-worth*) 这样的十四行诗中，克莱尔就似乎暂时无视他的敬拜主题，而俯身于青草这一最令他喜爱的消遣，然后正色说道："我喜爱俯下身来，在杂草丛中细看，／发现一株我从未见过的花朵；／华兹华斯将继续——是一名更伟大的诗人；／他的功名长久，尽管各派争执不休！"[14]最后，还有一些顶梁柱似的碎片，具有极强的谜一样的美感，例如这一首题为《榆树与白蜡木》(*The Elms and the Ashes*) 的晚期四行诗，在我看来简直就是魔性佳作："榆树沉甸甸的群叶呈现于眼前／在黄昏的天空支撑起阴郁的一片片。／颜色较轻的白蜡木仅能遮挡一半，／留下一些灰色空当让残光斜穿。"[15]

　　事实却是如此，克莱尔在被隔离的那些年写出了一些最优秀和最糟糕的诗篇。在高毛榉以及诺斯汉普顿郡的两所精神病院，尽管他显然活得都很悲惨，但按照维多利亚时期的标准，这两所精神病院相对来说算是仁慈的了。他被容许到户外散散步，尤其还能欣赏艾坪林区的风景，但他在1841年还是从那儿逃离，回到诺斯布罗村。有关这一噩梦般的旅程，他留下一篇令人心碎的散记。不过，疯人院毕竟是疯人院，而克莱尔的生活即便在最好的时候也因为贫困与精神折磨而千疮百孔，长期被幽禁肯定令他的生活充满无法排解的混乱与悲惨。因此，尽管水准的衡量角度不同，他有那么多诗作低于之前的水准也就不会令人感到意外了。一个例证便是他另一次尝试写拜伦风格的史诗，这一次是《唐璜：诗一首》（*Don Juan A Poem*）。克莱尔从没有多少讽刺的天分，而他却一次次有意识地尝试，试图拓宽自己的写作范围，其中最引人注目的是《堂区》（*The Parish*），这首诗可谓是一个画廊，展示着对乡村低俗生活的尖刻漫画。他在这首诗中令人好奇地花了好大力气，把握拜伦杰作《唐璜》（*Don Juan*）中风一般轻佻的口吻，但是这篇作品以及他晚期许多其他作品主要就剩下临床意义；当然，人们很难对含有这样诗句的一首诗全无好感："在疯人院，我发现不了一丝欢乐/——下周二曾经是拜伦爵士的生日"或者"尽管桂冠从未戴在我的眉宇周围/我依然自认有拜伦一样伟大的诗才"。[16]

克莱尔到今天还深深吸引我们的是什么？我已经提到了他令人刚一接触就印象至深的一个侧面，那就是他一眼就看得出的现代性，尽管这个词用得不太准确。亚瑟·西蒙斯（Arthur Symons）写了二十世纪第一篇极有价值的论述克莱尔诗歌的文章，那是作为他1908年诗选的序言，其中有如此文字："他始于任何一处，也终于任何一处。"[17]八十年后，这已不是令很多人挑鼻子竖眼的弱点：难道这不正是诗人通常所做的吗？也许这正是比西蒙斯更现代的诗人罗伯特·格雷夫斯（Robert Graves）赞赏克莱尔的原因，格雷夫斯称克莱尔"技巧上令人仰慕"，并具有"最为不同寻常的能力，知道在何时恰到好处地结束一首诗"。[18]这两位的说法令人很难有异议。是的，克莱尔常常没有理由地就下了笔，就像一只甲壳虫在一丛草里冲撞，然后突然就停笔；是的，他的十四行诗也没有中规中矩的十四行诗的形式感，他较长的诗作也缺少他非常钦佩的威廉·柯林斯（William Collins）颂诗所具有的优雅开阔，但对我们当代人的听觉而言，克莱尔的诗捕捉到了大自然的节奏，它的无常与紊乱，从某个角度看，连济慈都无法做到这一点。

克莱尔的现代性的另一面则是灵视的一种赤裸特性，对此我们已经很习惯了，起码对于我们美国人来说，从惠特曼

(Walt Whitman) 和迪金森（Emily Dickinson）的时代，一直到洛威尔（Robert Lowell）和金斯堡（Allen Ginsberg）的时代，已对这种特性习以为常。就像这些诗人一样，克莱尔也会紧紧抓住你——不，他不是抓住你，而是他已然先期到达，在你还没到现场的时候就已经对你说话，对你谈他自己，谈他最亲近、最珍贵的事情；他不会想到要做其他什么事，正如惠特曼不会想到停止对你高唱他的自我之歌，这就像一种"瞬间自来熟"，在外国人情世故中我们美国人就是这么讨厌。克莱尔对你毫无恶意，也没想令你吃惊或难堪，但这并不会令他改变自己的话唠风格；如果你突然泪如泉涌，他会觉得那是另一个自然而然的现象，就像下雨或者狗獾在叫。他很善于向你展示他的伤口同时又爆出一个笑话；他说到底首先是一个说话的器具。这在他记叙从高毛榉精神病院出逃的文字中展现得最彻底也最令人惊骇，在这篇题为《逃出埃塞克斯之旅》（*Journey out of Essex*）的散文中，他写道，"沿着一条非常黑的路向下走，路两边垂着非常浓密的树，大概延续了一两英里，然后我才进入一个小镇，看到有几家房间窗户里闪着烛光"，而隔了几行，他就很是一本正经地报告，"我吃着路边的青草，以此满足自己的饥饿感，就好像饥饿时品尝面包之类的东西，我大快朵颐，直到心满意足，事实上这一顿大餐也确实令我感觉甚好"。[19] 对他而言，这条路上梦幻般的所见与可怕的食物的记叙具有同样的意义。他看到什么，他就是什么。J.米德尔顿·穆雷（J. Middleton Murray）写道："假若华兹华斯像克莱尔那样看到一朵报春花……他可能会觉得自己看到了'事物之心'，而克莱尔由于一直都是这么看的，所以会觉得就是看到了事物而已。"[20]克莱尔就像克尔凯郭尔（Kierkegaard），也可以这么说自己："似乎我不是从智慧之酒杯中啜饮，而是一头栽进其中。"[21]

诗人与读者之间的距离突然消除，令人吃惊，这与诗人与诗篇之间的距离消失一致；他就是诗篇与读者之间的最短距离。我们与（华兹华斯所谓的）宁静中拾起的情感或济慈蟋蟀十四行中的温柔动人的音乐相去甚远了。克莱尔的诗歌则是前门递来的快件。他写道，"我在田野中遇到了诗/于是径直将它们写出"，他对我们说，他最喜爱的一种写作方式就是在野外，以帽子作为写字台。[22]其结果是，他那平实之风所产生的效果与他同时代的画家约翰·康斯坦伯（John Constable）的研习之作很是相似。同时说到这两位，我要说的是，没什么好说的。克莱尔被画地为牢，他就在有限范围内不停地四处闲逛，没有什么可看的；地貌平坦得一览无遗，遍布着沼泽，毫无所谓的"景观"。这片地迥异于华兹华斯在其《序言》（The Prelude）中意兴盎然的游荡，这里没有任何预示，令人觉得会被引领抵达什么，会产生某种升华充盈的灵视，会将人安置在一个与上帝创造的环境和睦共存的位置。穆雷（Murray）说，华兹华斯忙于把抒写自然的诗歌与一种令人怀疑的玄学联系在一起，因而将诗歌放错了位置；而克莱尔则忙于把它们放对位置。[23]然而把位置放对的代价却是巨大的，克莱尔因此注定要永远浪游，有诗歌而无理由，一次次地兜圈子，途中是一成不变的旅伴——鸟虫、花朵，偶尔有一位路过的耕农或一队吉普赛人，但说到底他是孤身一人，哀悼着幸运随童年而一去不返。他的很多作品是以现在时态写的，尤其是《牧人日历》，在当代诗歌中我读到这种作诗法就会感到厌恶，因为诗人在经历的同时就已将经历以诗的形式交给了读者。克莱尔却使得这种快速转换显得可信，因为对他而言经历就等同于说出。只是偶尔，有一个静止的场景给出了这个流转世界的尺度，然后便很谨慎，如《牧人日历》中，一月的活动突然与凝滞彼此对照，"而田野间孤独的犁／享受着结冰的休憩日／马儿也在饥饿的假日／休闲着把时光消磨"[24]，当我们读到这首诗里"享受"一词的时候，其反讽意味油然升起。

我自己最早阅读到克莱尔，是那首早期诗作《一次黄昏散步之后的回想》（*Recollections after an Evening Walk*）。我还记得被其中的一个对偶句紧紧吸引："走过潮湿的灌木，一碰之下叶落飒飒 / 我们脚下的青草像拖把一样湿答答。"[25]这个意象准确得几乎有一种喜剧色彩，这简直是写绝了；乍看之下似乎是陈词滥调，而实则不仅不是（起码我就从没听到人说"像拖把一样湿答答"——再说，拖把也不总是湿答答的，而且就算湿答答的时候，也还得要像草坪上的青草），而且还因为着力用韵而强化；要说用韵，克莱尔可从不躲躲闪闪，他最喜欢的是用 dog（狗）与 hog（猪）押韵。人们读他，不会感到游离于这种湿漉漉的场景，而是更加贴近，直到脸颊探入草丛，能够感受到一场场大戏在上演，甲虫、蠕虫、蜗牛们粉墨登场，而茅草则是布景。我早年的另一发现是一篇短小的散文碎片，题为《家蝇或窗蝇》(*House or Window Flies*)。这篇散文令我开始检讨散文诗的可能性："这些小小的室内住客，居住于草舍与豪庭，总令我觉得趣味盎然；它们整整一天在窗户里跳舞，从日出舞到日落，之后它们会抿一口茶，喝一口啤酒，尝一口糖，整个夏季都大受欢迎。它们看起来就像是心灵之物或者就是精灵，会因天气条件而显得兴高采烈或郁郁寡欢。很多干净的草舍或雅致的居室，容许它们自由自在地在里面爬行、飞翔或者做任何它们喜欢的事，很少或几乎不会做错什么。事实上，它们可谓是我们家庭生活里小小的或细微的部分，这么多精灵似的熟客，我们了解并视为我们的一员。"[26]

　　克莱尔的诗歌效果总是一样的——再次将我推到我当前的状态、再次确认"现在性"——至少对我而言是如此，但是他所使用的手段却变化无穷，尽管总透出一股质朴无华的文风。例如，《乡村吟游歌手》有一种节日氛围的叙事魅力，简洁利落的称呼与乡村生活的敏锐描述完美地交织起来，犹如一件精致的发条装置，正如吟游歌手鲁宾（Lubin）的故事讲述的那样。克莱尔至死都非常忠实于描绘身边的景物，而乡村也确实展开了一幅令人屏息的画卷：

> 啊，当旅者站在山巅上俯瞰
> 迷雾的王国在山谷中铺展，
> 在陡峭的崖下思考这儿存有
> 怎样的生命与土地，怎样的河流；
> 焦灼的灵魂在目睹这一切的时候
> 多么欣喜——但又是多么虚妄：
> 所以鲁宾急切地检视这敌意世界，
> 渴望时间会解说她所有秘密，假如
> 他能生于欢乐或沉溺于极致的痛苦。[27]

　　他天启般的混成诗的另一个例子是《牧人日历》，其中的跨行对偶句，最终气力涣散，但它们对一个自我繁衍的世界所进行的描述颇为生动，具体细节积累到最后，其令人信服的程度不亚于他早年最喜欢的诗篇《杰克盖的房子》(*The House that Jack Built*)。

克莱尔日渐悲惨，而他的诗却变得令人称奇的安宁和纯净。《迁徙》(*The Flitting*)一诗写于他被投入高毛榉精神病院之前，地点详情被抹掉了，风景的丰富细节被吸收到古典外观中，令人想到克莱尔最为欣赏的诗人詹姆斯·汤姆逊(James Thomson)，不过这首诗中的紧迫感远非汤姆逊的柔和所能比拟：

> 时间肃穆，满腔复仇的情绪，
>
> 抑或，正铲除冷漠的蔑视；
>
> 因此古旧的大理石城镇挺立，
>
> 而被残害的可怜杂草依然如故。
>
> 她感到自己对卑微事物的爱，
>
> 很少还有谁会有如此感怀，
>
> 青草仍有一次次春光无限，
>
> 城堡立于其间，庄严已经消亡。[28]

虽说写于高毛榉精神病院的《孩童哈罗德》一诗各节编上了号，但每一节似乎都是重新开始，产生了一种融凝滞于运动的奇怪效果，克莱尔式的风景也开始转化，具有一种寓意化和幻象的色彩，令人想到画家塞缪尔·帕尔默（Samuel Plamer）：

> 收获季节露出微笑，整个平原被染成棕色，
> 太阳从天宇投下光芒，泻照大地上的成熟，
> 人们传唱"安宁丰饶"之歌，绝非出于虚妄，
> 万物都按造物主雄伟的设计而生产繁殖
> ——犹如黄金在隐藏的矿井里闪光，
> 他的本性就是财富，能够给全世界
> 带来增长——他的太阳永远照耀四方，
> ——他遮住脸，而当世界的麻烦在增长，
> 他依然微笑——太阳以财富与安宁向外眺望。[29]

　　他住在精神病院的最后一段时间里，创作出十数首完美的抒情诗，有关景物与丧失的所有令人不安的细节都被提纯了，具有一种透明性，没有残痕，超越时间，就像荷尔德林的疯癫之诗。《我存在》（*I Am*）一诗的起句很著名："我存在，但我的存在无人在意、无人知道。"[30]还有布鲁姆所说的"克莱尔最完美的诗，绝对具有布莱克之风的《一个幻象》"[31]：

我失去了爱，来自上天的垂爱，

我鄙弃欲望，来自泥土的欲望，

我感到过浪漫之爱的热汗淋漓，

而只有地狱才是我唯一的敌人。

我失去了大地的欢乐，但感到

天堂火焰的光辉弥漫我的身体。

直到那可爱的美随我一起成长，

令我成为英名不朽的吟游诗人。

我爱过，但是那女人刻意避开，

我让自己远离她日渐式微的名声，

我攫取太阳的永恒之光，抒写，

直到大地唯余一个空名，

我以大地上的每一种文字书写，

写在每一个海岸，每一个大海，

我把不朽的出身赋予我的名字，

让我的精神紧紧联系着自由。[32]

爱德华·托马斯（Edward Thomas）曾在一篇论及克莱尔的文章中写道："文字从不屈尊与任何外物完全对应，除非像科学术语，总在第一时间就被弃除。因此，在那些真正热爱生命的人手中，文字的生命很新奇，绝不会被弃除，甚至羸弱的文字也被留下，给予表演的机会；如此行事才是诗人。"[33]克莱尔连一只苍蝇或一个字都不忍伤害，让两者都充分表演，可代价也是巨大的——能写诗写到"大地唯余一个空名"，还有什么可比呢？对他而言，结局是长久的凄凉，最终是死亡，但是对我们而言，回报是巨大的。

二

橄榄与鳁鱼:托马斯·罗威·贝多斯的诗歌

　　托马斯·罗威·贝多斯（Thomas Lovell Beddoes）的人生从表面上看与约翰·克莱尔颇为相似。虽然贝多斯似乎没有遭受贫困之痛，不像克莱尔因此被逼成疯子，但在其他方面，他的生涯同样时运不济。两位诗人早期发表之作接受度都较高，而之后可谓是从人们的阅读视野中消失，直到二十世纪才重现。克莱尔的许多在精神病院创作的诗作和贝多斯的几乎全部作品得以幸存，仅仅是因为欣赏他们的有心人不辞劳苦地逐字手抄，付诸出版。这两位都没有得到时间或地理的眷顾。克莱尔，生于1793年，贝多斯，比他晚生十年，其时，浪漫主义因为济慈、雪莱和拜伦的早逝而匆忙间就已日薄西山，他们就在这个时候进入文学现场，诗歌早期的风尚已经消退结束。在青年时期成功之后，克莱尔和贝多斯都远离文学中心而居，克莱尔在诺斯汉普顿郡的乡下，而贝多斯在德国和瑞士的外省，两人都与其时代的写作多少有些脱节。两人都以一种过气的文类写作，就算有人注意到了，他们也难以给当时的世界点起一把火。两位都死得凄惨：克莱尔死在疯人院，贝多斯〔正如 T.S.艾略特（T.S.Eliot）说约翰·韦伯斯特（John Webster）那样〕，则"被死亡纠缠不休"[1]，在尝试自杀两次之后，终于在巴塞尔的一家旅馆房间内自杀成功。这两人都罹患情感性精神紊乱。克莱尔在被长期禁闭期间，曾经幻想自己与一位叫做玛丽的女子结了婚，而那个女人已死去多年。贝多斯似乎是同性恋，但有关他成人后的大多数生平资料都缺少这方面的证据。一个线索似乎是他（当之无愧）最著名的那首《卖梦货郎》（*Dream-Pedlary*）中的一行诗，说道他祈愿从死亡中唤醒他"久失的挚爱少年"。说到诗歌，克莱尔与贝多斯两人几乎是截然相对：克莱尔写得粗硬而纯朴，贝多斯则矫揉造作而刻意颓废，不过他们偶尔也似有重叠。克莱尔美丽但非典型的疯人院诗歌《邀请去永恒》（*An Invite to Eternity*）[2]，便是贝多斯所赞赏的魔鬼情人模式的诗篇：一位恋者邀请他的情人，陪同他踏上冥界的痛苦旅程。

贝多斯1803年生于希罗普郡（Shropshire）的克利夫顿（Clifton）的一个名门之家。他的父亲常常被时人称为"著名的贝多斯医生"，与汉弗莱·戴维（Humphry Davy）爵士共事，而戴维爵士在克里夫顿的气疗研究所任教，就住在贝多斯家。贝多斯医生在该研究所对柯勒律治进行笑气疗法，而柯勒律治也曾想过要为他写传记。按当年的记叙，这些实验将"实验室变成了欢欣与放松的场所"[3]。华兹华斯是他们家的另一位老友。贝多斯的母亲安娜是小说家玛利娅·艾吉华斯（Maria Edgeworth）的姐妹，托马斯小时候有时也会拜访这位远在爱尔兰的小说家姑姑以及她家的其他亲戚。戴维爵士写过，安娜·贝多斯"具有一种几乎是诗意一词最高意义上的幻想，极具亲情的温暖，无功利心的情感，而假以天时地利，她必定可以与玛利娅媲美，甚至在天分上也不相上下"[4]。

　　贝多斯医生行事方式极具个性，似乎已显出他儿子后来那样的古怪。他也曾试笔写诗：他的长诗题为《亚历山大大帝的希达斯皮斯河之站以及从印度河进入印度洋的远征》（*Alexander's Expedition down the Hydaspes and the Indus to the Indian Ocean*），被称为"英语最奇怪的著作之一"[5]。贝多斯的传记者 H.W.多纳（H.W.Donner）告诉我们，贝多斯医生认为性教育应该早早开始："经过对怀孕的青蛙和母鸡的解剖，以及'家用四足动物的生产之痛'的观察，这应该从自然历史之初就开始。"他还进一步说道，"没有根据能说明，小男孩目睹与死亡相关的问题及死亡本身，后来就会被'长久不散地纠缠'"[6]，托马斯便近距离见证了这样的事，六岁时贝多斯医生亡故，二十二岁时母亲亡故。

　　贝多斯在查特豪斯学校读预科的时候，写过一些叙事散文，其中只有《斯卡洛尼》（Scaroni）得以存留，写过的诗包括一首写彗星的，大概是1811年那一次著名的彗星，该诗发表在《伦敦晨报》（London Morning Post），那时诗人十六岁。很可能也是在那个时候，他以三行体写了长诗《即兴》（The Improvisatore），这首诗后来与他的其他少年之作汇集成小册子，在他还在牛津读一年级时出版。（贝多斯后来试图销毁那个版本，差一点就销毁了，只有半打存留下来。）这些早期之作中看不出诗人有什么才情，只有一股鬼魅的气氛始终如一；不过，偶尔会有描述性华彩，有着济慈的《圣安格尼丝之夜》（Eve of Saint Agnes）之风，例如："树枝冰封的剑鞘在轻摇，籁籁声传出 / 珊瑚般的冬青浆果向上竖 / 水晶似的摇篮，犹如高脚杯 / 闪闪发光，装着血红色的酒。"[7]除了彗星诗之外，小册子里还有一组十三首珍贵的不规则十四行诗，这种以十四行写成的诗与传统的商籁体十四行相似而不同；而最后一首则是写给《在我窗前成熟的一串葡萄》（To a Bunch of Grapesl Ripening in My Window）。

　　贝多斯的下一部诗集题为《新娘的悲剧》（The Bride's Tragedy），是他生前的出版第二本诗集，在上一本的次年面世，立即大获成功。就像克莱尔一样，按他的传记者约翰·

福斯特(John Forster)的说法，"谈论他成了街头巷尾风行一时的话题"[8]；而诗人乔治·达雷（George Darley）称他为"一位可与莎士比亚和马洛等人归为一群的雄才"[9]。贝多斯在牛津其余的几年就过得不安宁了，他在这期间开始写了好几部诗剧但都销毁了。这些剧本中，有一部仅存一行，那让他朋友托马斯·凯尔绍（Thomas Kelsall）无法忘记："就像刚开始为人的亚当那红色的轮廓。"[10]人们渴望了解他更多的作品，但是即便通过他幸存的看似完成了的作品，贝多斯依然像人们常常称呼的那样，是一位"片断诗人"[11]，我们除了接受这些说法，也别无选择。

　　1825年，贝多斯离开英国，去哥廷根学医，自那之后他一生大部分时间都在大陆度过。他创作了片断式诗剧《最后那个人》（*The Last Man*）《有毒的爱神之箭》（*Love's Arrow Poisoned*）《陶里斯蒙德》（*Torrismond*）以及残存了三幕的篇幅颇大的《二弟》（*The Second Brother*），而他创作生涯其余的时光都用于写作和不停修改他的代表作《死神的谐谑书》（*Death's Jest Book*），这是一部难以完成的新詹姆斯一世式的悲剧。他在1828年完成了第一稿，寄送给英国的朋友，有信心很快就能出版并被称为杰作。遗憾的是，他的两位朋友，以巴里·康华尔笔名写诗的诗人布莱恩·瓦尔特·普罗科特（Bryan Walter Procter）以及小说家 J.G.H.博尔恩

(J.G.H.Bourne)，都奉劝他在彻底修改前不要出版；甚至连倾向于出版的凯尔绍也觉得诗作良莠不齐，令人难以接受。《死神的谐谑书》一直到作者去世一年后，才在1850年面世，瓦尔特·萨维奇·兰道尔（Walter Savage Landor）此时则宣称，"经过了两百年，世人才有幸看到一部像《死神的谐谑书》这么充满天分的作品"[12]。但对贝多斯而言，这却成了灾难，无望地努力修改和完善诗作，耗尽了他全部的创作精力。作品大框架越拓越宽，不见边际，其中包含许多极美的单篇抒情诗；当既有情节不能安置它们时，他就创造一段。第一幕拉进来一队渔夫，没别的目的，就是为了要唱一段船夫曲；曲终人散，一去不返。其结果是，说好听的，结构奇怪，但贝多斯的朋友们拿这部诗作诸多不足说事，则是失之偏颇；《死神的谐谑书》的形式很奇怪，不规则，但这正是它令人惊异的独创性之一。尽管可以把它视为一座巨大的没有雕像的基座，它仍然是一部不可忽视的作品，紧抓读者的心，其毒药似的魅力沁人肺腑，玫瑰、硫磺与檀香的芬芳从第一段就扑鼻而来。

贝多斯对自己的创作能力并不自信，在晚年逐渐转向医学这一爱好，希望找到钥匙，解开诗歌拒绝给出的生命（与死亡）之谜。他最终从哥廷根获得了医学博士学位，那儿的一位著名医生后来曾把贝多斯视为他从教五十年来最好的学生。而同时，贝多斯则对朋友宣称，他现在更喜欢"阿波罗的药箱而不喜欢他的竖琴"[13]。他似乎希望通过解剖研究发现"灵魂的确切位置"[14]。搜寻犹太神话中的卢兹（Luz）之骨几乎逐渐占据了他全部心思（"那唯一在死后不腐的骨头，复活时会重新长出肉体"）[15]。他在《死神的谐谑书》的一个注释中解释说，"那个骨头的形状很像杏仁"[16]。贝多斯也因此与一位名叫伯恩哈德·赖西（Bernhard Reich）的青年俄罗斯犹太学生走得很近，和他同住了一年，有人试图认定他就是那位"失久的挚爱少年"[17]。贝多斯的注释还进一步说："我为上述课题而必须感谢赖西先生，他不久将会就此课题发表一个专题演讲，内容会很丰富，将有许多有关犹太人以及其他东方人的哲学与语言的原创性假设和引人入胜的讨论，演讲也会写成一篇非常值得一读的论文，阐述有关复活的非凡教义的历史以及犹太教生理学与（宗教）的诸多要点。"[18]遗憾的是，没有任何迹象表明有过这样的演讲，也没有赖西与贝多斯同住一年之后的进一步消息，因此无法获知他俩关系的确切性质或者它对贝多斯思想的影响。

贝多斯后来的记录很少，他似乎也越来越暴躁。他曾几次因酗酒和行为放任而被责罚，而在1830年代，他又非常热衷于德国激进政治，可能是唯一被吸纳进德意志兄弟会这个激进的学生组织的外国人。贝多斯在苏黎世惬意地住了七年，在此期间，他制作并主演了莎士比亚的《亨利四世》(Henry IV) 上下部，甚得好评，但最终因为政治理由被驱逐。在他最后几年，他的同伴是一个年轻的面包师，名叫康拉德·迪根 (Konrad Degen)，后来成为一位颇有名气的演员，有人描述他是"十九岁的年轻人，面相甚佳，身着蓝色衬衣，举止中自有尊贵"[19]。1848年6月，贝多斯离开留在法兰克福的迪根，最后一次回到瑞士，住在巴塞尔的西高涅宾馆 (Cigogne)，次日清晨，他用剃刀割开了大腿动脉。切口后来发展出了坏疽，他的腿从膝盖以下被截肢。1849年1月26日，他终于成功服毒自杀，在同一天他留言给遗嘱执行人勒威尔·菲利普斯 (Revell Phillips)："*我所擅长之事，实为蛆虫之食*"，另加了一句，"*除了别的，我本该是个好诗人；人生是一根桩上极其伟大的钻孔，而且是个钻坏的孔*"。[20]

1850年，《死神的谐谑书》最终出版，这多亏了忠心耿耿的凯尔绍的努力，他后来将一箱贝多斯手稿遗赠给布朗宁 (Browning)。布朗宁曾经自称是贝多斯的狂热崇拜者，他给凯尔绍写信说："那人的力量巨大无边，无法抵抗。"[21]布朗宁曾想过要编辑述评版的贝多斯诗歌，但因种种原因而没做成，原因之一是他很迟才得知贝多斯的自杀。不过，他把这事托付给埃德蒙·高斯 (Edmund Gosse)，高斯在1890年出版了一套两卷本贝多斯诗集。与此同时，那箱手稿落入布朗宁儿子之手，却最终丢失不见了。幸运的是，另外一位崇拜者仔细地手抄了大部分诗歌，但权威版本的贝多斯作品集要等到1935年才最终出现。1890年的版本似乎没有获得什么关注，林顿·斯特莱彻（Lytton Strachey）在1907年所写的《最后的伊丽莎白时代人》（*The Last Elizabethan*）是贝多斯评论中的第一篇重要论文，他问道："我们不禁要问，借坐在阿波罗小包间里的人中，还有多少人曾经读过贝多斯，或者确实听说过他的名字？"他指出了一个令人好奇的悖论：

> 假若贝多斯诗歌为人忽视可以有不只一种理由解释，但是实在难以理解为何他的人生境遇竟然没有唤起更多人的好奇心。一位读者对于一篇作品的内在优点真心关注，就会有一千个读者会抱着急切的同情心要去了解这位作家的历史；而我们所知的贝多斯，从人生到性格，一切都具有那些特质，构成了他的怪癖、神秘和冒险；对订购者的好奇心和公共图书馆来说，这些都非常珍贵。[22]

实情是，贝多斯有滋有味而小心翼翼的生活，直到今天也还几乎没有吊起人的胃口。在1930年代中期多纳的权威传记以及《贝多斯全集》（*Collected Works*）出版之后，贝多斯仍然没获得评论界的什么关注。显然，他还不够疯狂或悲惨，不足以激发评论界从1960年代至今倾注在克莱尔身上的那么多的关注。只有这些例外：哈罗德·布鲁姆在《幻象式公司》(*The Visionary Company*) 中有几页专门写贝多斯，诺斯罗普·弗莱（Northrop Frye）的《英国浪漫主义研究》(*A Study of English Romanticism*) 以及埃莉诺·维尔纳 (Eleanor Wilner) 1975年探讨得较为广泛深入的《收集轻风》(*Gathering the Winds*)。最近，也更为有用的研究，是詹姆斯·R.汤姆森（James R. Thompson）为图温（Twayne）系列而撰写的专著。但很大程度上诗歌还是不易获得，喀科内特（Carcanet）出版社在1970年代选了薄薄的一册，之后在1999年又补出了一本更厚重的选集，但多纳的全本以及他出版于1950年薄一点的诗集都只能在善本书店才能找到（1978年AMS为图书馆重印了完整版）。饶是如此，诗歌的读者们仍然难以明白这一个案到底是否代表了一个意义重大的"缪斯王冠的偶有属性"。

在我看来，确实如此。我最初认识贝多斯是在本科入学不久，我发现了一套1890年的高斯版诗集。我起初特别钦佩《卖梦货郎》和另外几首雕琢精美的短诗。这个版本的草写小字体令我读不下那些剧本，看起来实在凌乱不堪。一直到了多纳的缪斯文库版，页面相对宽松，我才开始阅读它们，而且还不是立即就读。读者很快就能发现，贝多斯的金子隐藏在剧本矿石里，难以提炼。这不是说他是一位"片段诗人"，而是说片段无法那么容易从母体中分离出来；而把它们分出来时，就会发现它们存在某种欠缺：它们需要粗糙的自然背景才能被完整认识，甚至这背景部分地埋没了它们。除了照单一笔全收，希望勘探的辛劳物有所值，此外也确实没有办法。说到此，我们可以同意高斯在1890年的序言中所作的评价："在缪斯的盛宴中，他结出的果实似乎很少，不过是一道美味的小菜、一些可说是用橄榄和鳗鱼制作的冷盘材料，这些东西众人不熟，因而显得无关紧要。不是每个人的味蕾都欣赏得了这些开胃菜，而当人能欣赏时，贝多斯则已罢手，他没有其他的可以奉献。有几位文学美食家对他情有独钟，这种味道奇特的菜肴不再有了，他们会深深惋惜，犹如少了任何一道更为重要的主菜。"[23]

　　我在此想稍微回顾一下约翰·克莱尔，因为我可以先指出一种与他截然不同的诗歌，以此开始刻画贝多斯的特征。克莱尔有一首短诗令我永远着迷，可以证实他的实力，这首诗叫做《鼠窝》（*Mouse's Nest*）。

　　　　我在干草中发现一个青草球，

　　　　经过时拨了拨它然后走开，

> 我一看似乎发现有东西在动，
>
> 于是我转头，希望捕获一只鸟，
>
> 却看到一只母老鼠惊慌地出来，
>
> 跑到麦地，奶头下吊着所有小孩，
>
> 在我看来，她样子实在奇特而怪异，
>
> 我跑过去，想知道那到底是什么
>
> 我拨开脚下的那簇黑矢车菊，
>
> 母鼠匆忙离开那窝爬动的小东西，
>
> 而我在小东西的吱吱叫声中走开，
>
> 于是母鼠再次找到她干草中的窝，
>
> 水几乎无法翻过鹅卵石流淌，
>
> 很宽的老污水潭，在太阳下发光。[24]

这首诗中的克莱尔又回到了自己的地盘，告诉我们他所看到的，而不说为何他认为这也应该吸引我们或他自己。虽然他被拿来与彭斯相比，没有任何隐约其辞或秘而不宣的暗示说他看到这一"娇小、油滑、畏缩、胆怯的小动物"的时候，心中波动，联想到自己或人类总体的不堪状况，甚至没有一点迹象证明克莱尔笔下的母老鼠畏缩与胆怯。克莱尔恰好路过，在认识到那是一只老鼠之前，他觉得她看起来奇特而怪异。因此，他不觉得有必要调整看法，更没必要将她人性化或寓言化。相反，当他注意到母老鼠又找到了自己的窝，他的关注点也随之转向那片庸常的风景，而诗歌也就此结束。水很难翻过鹅卵石流淌，很可能是少雨的夏季。结尾才有一点崇高的唯一暗示，那就是污水潭——宽阔、年久、闪光，在太阳下有着自己的尊严，尽管很多旅者往往是掩鼻匆匆走过，而诗歌已经完成。克莱尔在此——看得到的都看到了，落笔成诗，接着继续他悠闲的观察，随时准备再采集几份大自然的样本，轻松随意，犹如随手摘一朵野花，夹在一本书中，然后放在一边。

下面这首诗，贝多斯记录了自己某次远足的所见：

> 在长满百合的尼罗河边，我很费力
>
> 才看见暗淡的河龙首尾展开，游动，
>
> 爪子的棕色锁子甲犹如上了瓷釉，
>
> 以鸡血石色的贵榴石和雨润的珍珠：
>
> 他的后背躺着一个睡觉的小孩；
>
> 比老鼠大不了多少；眼睛就像小珠子，
>
> 它那斑斑点点的蛋还留下一小块，
>
> 套在它无害的、柔软的鼻子上，
>
> 看起来很可笑，它张开嘴要抓住
>
> 犹犹豫豫的快乐苍蝇。在这巨大的

魔鬼野兽的铁下巴里，一只雪鳄鸟

像石头地狱中飘飞的苍白灵魂

轻快地飞着，它那玫瑰红的尖喙

从他喉咙里撕出一条条带毛的蛭。[25]

尽管随意使用异域地点，这一段诗歌依然较典型地代表了贝多斯描绘大自然的惯常风格。他也像克莱尔一样，喜欢在乡下徒步旅行，但却没有一丝暗示能说明他觉得路上所见的事物有任何用途或他对它们有任何兴趣。对贝多斯而言，自然完全是文学性的。他诗歌中无处不在的花朵，尤其是玫瑰，若有可能总是遭受病虫害的玫瑰，一直在提醒我们死亡就近在眼前，其结果便是令我们"在墓穴中温柔地转向雏菊"[26]。大自然的味道——例如克莱尔的污水潭——在此就是玫瑰的精油、腐肉的臭味。意象精致，镀上了釉彩；寓意要么令人恐惧要么令人无法信服地超验。我觉得两类诗歌都有必要，我还要加一句，我自己的诗也会两极摇摆，一极是克莱尔充满泥土与肥料的大量诗篇，一极是贝多斯充满香水和毒药的佳构，就像《新娘的悲剧》中的乐诺拉给谋杀她女儿的杀手举办的有毒宴席。她举办宴会时说，"这儿的所有色彩 / 都曾在她天使般的脸上美丽地绽放"，在对方答应出席时她不忘加上这样的描述，她"把植物泡在魔法师的溶液中／比冥王星池水中的残渣还要致命……／只需在城市水管中倒进一滴，／造成的灾难比一年瘟疫还要厉害"27。大自然的存在是要提醒我们人是要面临死亡的，而花朵毒性越强越好，尽管贝多斯长于描绘瞬间形成的雪莱式风景（雪莱是他最喜欢的现代诗人），它们似乎在闪电的瞬息就凝固了，它们的美丽并不能慰藉人心，甚至也不是不痛不痒，而是死亡的邀请。

《新娘的悲剧》是贝多斯第一部也是最完整的剧作，是他第一部最重要的作品和他告别传统剧作法的剧本，虽说在此所说的传统只是一个相对的说法。该剧本广受好评，似乎宣布这位十八岁的作者将会有成功的写作生涯。一位评论者写道："该剧情节的处理非常缺乏艺术性、毫无技巧，这发生在一个这么年轻的作者身上不足为奇，而对话……几乎全不恰切……不过，仅从诗歌角度来看，它具有……一定程度的原创性和美感，在当今这最具诗性的日子里也属难能可贵。"28这部剧情节复杂，其核心部分是年轻的弗洛瑞宝被未婚夫海斯培鲁谋杀，而这个未婚夫在剧中似乎对弗洛瑞宝一直疼爱有加。他的动机有三：他必须迎娶另外一个女人才能解救父亲于牢狱之灾；他对弗洛瑞宝给予随从的纯洁之吻心怀嫉恨；他无法抑制阵发性的疯狂。不过这么多动机其实使海斯培鲁的动机不成动机，人们可以质疑，他可以很方便地另找一个无须制造伤害就可以走出困境的方法，而他之所以谋杀不过就是因为他是贝多斯剧本中的一个角色。该剧的最后一幕比《哈姆莱特》（Hamlet）的大献祭还要过分，主要角色大多数要么死了要么在寻死的路上。如前所述，弗洛瑞宝的母亲在戏剧结束时举办了一场投了毒的宴席，而海斯培鲁很快就要被处死。她的动机是要维护她女儿的爱不受一场公开处死的羞辱，这深思熟虑的举动却像海斯培鲁的谋杀动机一样毫不真实。最后，似乎每个人都没有什么动机，贝多斯如何随心所欲地在幕后拉线，那些角色也就如何行动。这些角色几乎没有什么性格刻画，他们都以贝多斯碎光闪闪的诗歌说话，甚至无名角色也说出了令人难忘的台词，截取于同样的货物。一位叫做胡伯特的角色被介绍进来，主要就是为了让他发现弗洛瑞宝的坟墓，并发一通有关天气的感想，而天气总是很糟而且正变得更糟。其结果是，剧本不像剧本，更像是一系列独白，彼此很少水乳交融；贝多斯之后的剧作也是如此，没有清醒的核心标准能够消解反面角色的毫无理智，回旋的诗歌大漩涡的中心没有漩涡眼。虽说贝多斯无视很多戏剧规则，最终却还是产生了某种戏剧化效果。他这种剧作技巧在《死神的谐谑书》中得到集中体现。

《陶里斯蒙》（Torrismond）是他的下一部很实在的戏剧片段。情节处理的是一位父亲对他儿子陶里斯蒙的错误斥责所导致的天崩地裂的后果。一幕结束，陶里斯蒙像海斯培鲁一样奔向死亡，决心要乘坐头等舱驶向死亡："我们将驾着战车驶向坟墓，/ 辚辚之声犹如雷霆，碾过死人头颅。"[29]《二弟》存有三幕，处理的是奥拉齐奥和马彻洛两兄弟之间的冲突。马彻洛在流浪多年后回到故乡费拉拉，被错当成了乞丐，还受到他那英俊的享乐主义的兄弟奥拉齐奥的粗暴对待。贝多斯的角色频繁使用一些远远算不得理由的托词进行谋杀，而马彻洛立即变成了地狱归来的复仇厉鬼，攫取他兄弟的公爵身份，将他抛入地牢；这片段结束时，马彻洛似乎已有了处心积虑的规划以进行全面报复。

所有这些裂片似的作品都只是《死神的谐谑书》的预演，这部作品是一个令人惊异的无底深壑，吸耗了贝多斯二十多年的全部创作精力，直到他离世。对于该剧情节的详述，有兴趣的读者可以参看詹姆斯·R.汤姆森（James R. Thompson）专书中明晰透彻的叙述。诚如他所说的，该剧充满戏剧性，"但是其戏剧性在于（它）变成了一个伟大的舞台，让贝多斯可以自己出演、探索并评估自己所有的情感和观念，一个地方，让贝多斯借助角色扮演的方式试验人生的不同策略，一个手段，让他表述出他混乱的幻象"[30]。另一位评论家观察到，他的角色具有"梦想角色的本质统一性"，他们"在梦中"相遇，而不过都是"中心观念的发射物"[31]。在这样的情境下,对戏剧行动的归述就能提供一面镜子,让我们看到彼此倾轧的角色各自从自我生成的多重投射;最终结果就是具有一个意义点的一团混沌。鉴于这一原因,梳理一下它曲折的情节也就显得很重要了。

大致说来,该剧处理的是三对兄弟之间的一系列背叛与反背叛:敏斯特堡公爵梅尔维瑞克和他的结拜兄弟沃尔夫拉姆;沃尔夫拉姆与他的亲兄弟伊斯卜浪德这个主要反角;梅尔维瑞克的两个儿子阿图尔福和阿达尔玛。其他角色包括:一个"丑角"霍蒙库鲁斯·曼德莱克,他有时候上场一下以便提供必要的喜剧化松弛;奇芭,一个阴险的埃及奴隶;齐格弗里德,伊斯卜浪德的心腹;以及两个可以互换的女主角席碧拉和阿玛拉,她们像贝多斯所有女角一样,既被动软弱又渴望死亡,而死亡也确实很快就降临到她们头上。戏剧开始于安科纳,其时沃尔夫拉姆不顾弟弟伊斯卜浪德的提醒,知道梅尔维瑞克已经谋杀了他们的父亲并篡夺了公爵之位,还是打算出发去非洲解救被异教徒扣押的公爵。到了非洲,沃尔夫拉姆刚解救了公爵,就被公爵所杀,因为梅尔维瑞克救了席碧拉之后,沃尔夫拉姆和席碧拉之间有了感情,而公爵心生妒忌,可是公爵了结了沃尔夫拉姆之后似乎对席碧拉也失去了兴趣:剧中多次出现这样的情节,一个人杀掉刚刚救了自己一命的人,而这又导致很多出人意料且毫不自然的反应，层层累积到最后，无论角色有什么说得通或者说不通的动机都已经无法辨别。伊斯卜浪德在安科纳落单了，琢磨着怎么对公爵报杀父之仇："振作起来。你一个人吗？为何应该如此 / 成为创世者和毁灭者。"[32]公爵回来时伪装为朝圣者，伊斯卜浪德则伪装成弄臣，好像他确实需要有理由寻求复仇似的，他确实有了额外的动机：公爵杀害了沃尔夫拉姆。读过马斯顿（Marston）和韦伯斯特（Webster）这两位贝多斯所喜爱的剧作家的读者肯定知道，这样背景下的杀害算不上是充分的复仇。经过一系列复杂的运作，伊斯卜浪德最终成功地迫使公爵将被谋杀的沃尔夫拉姆的鬼魂带了回来，而不是像他希望的那样带回亡妻之魂以便让她复活。此后，沃尔夫拉姆的鬼魂扮演了积极的角色，虽说他作为一个鬼魂算是仁慈的了，但他在剧终还是召唤公爵随他一起下地狱，而这一次公爵乖乖地顺从了。与此同时，阿图尔福与阿玛拉彼此深爱对方，但阿玛拉已与阿达尔玛订婚，因此阿图尔福服毒自杀。阿达尔玛试图帮助他，并发现那毒药实际上是无害的药，而阿图尔福却刺死了他兄弟。席碧拉答应要赴死，以便与沃尔夫拉姆的鬼魂待在一起，而席碧拉确实这么做了。伊斯卜浪德在推翻政府、成为首脑之后，被一个小角色刺死了。阿图尔福勉强逃脱了服毒自杀的结局，却在目睹阿达尔玛的送葬队伍时用匕首自杀而亡。

混乱的情节能起作用的另一个原因是，角色都可以用华丽的语言掩饰或解释他们多少总是有些难以理解的行动。贝多斯在他的所有作品中都试图在某处以某种方式就死亡说出点什么，但他从未能做到。人们渴望死亡是因为死亡带来和平吗？从成群结队的恶魔与鬼怪趋之若鹜地等待着那些大恶棍来看，显然不是。然而，尽管贝多斯相信这些，他终究是一个无神论者：上帝极少被提及，而基督教意义上的来生的可能根本就没提到。最幸运的替代品就是转向坟墓里的温柔绽放的雏菊。既然不管怎样都会发生，为什么要大惊小怪？事实是，在贝多斯那被死亡萦绕的天地里既无理由也无必要歌唱死亡，我们最后的感觉是贝多斯就是喜欢谈论死亡而已，那个字眼的声音令他感到安慰，而更进一步的安慰就不在论述范围了。汤姆森试图解析贝多斯的哲学，进行了一次博弈论式的努力，但是值得那样做吗？斯特莱彻（Strachey）说贝多斯所属的"作家阶级中，在英国文学中的显耀人物包括斯宾塞（Spenser）、济慈、弥尔顿（Milton），这些作家之所以伟大仅仅是因为他们的艺术。詹姆斯·斯蒂芬爵士（Sir James Stephen）评论说弥尔顿完全可以将《失乐园》（*Paradise Lost*）中所说的一切都放进两三页的散文小册子里，他这样说也是道出了真相。但是谁在乎弥尔顿想说什么呢？重要的是他说出的方式，他的语言表达"[33]。

斯特莱彻如此论争，"（贝多斯的）伟大在于他的语言表达"。很难测定那种语言表达的性质，很难把构成那种独特魅力的元素割离出来；贝多斯那些才华横溢的片段往往穿插在一部不可能完成的戏剧结构的熔浆中，人们很难知道如何对待它们。例如，有关奇芭的那个片段，不是《死神的谐谑书》中的那位，而是早些年的一个剧本《有毒的爱神之箭》中的一个同名角色，这是一组片断。"奇芭 / 生于一个已成废墟的旧世纪 / 在我们居住的门户之上的三四道门中。"[34]这样的观察会让人为之一振，也因此几乎不能融入戏剧的情节流。人们不禁想说："嗨，等一下。这个已成废墟的旧世纪到底是什么，而且仅仅是在我们的门户之上三四个门而已？它是怎么到那儿的？我们又是怎么到这儿的？这个奇芭到底是个怎样的人？"他似乎有点威胁人，可据我们所知，除了他出生在我们之上的三四个门里之外，他并没有做任何更糟的事，甚至他的名字似乎也包括一点邪恶的味道——听起来像个女人，但却属于一个男奴隶——因为它被单列一行放在片段上方而更显得有点邪恶。同一组片段中另一行熔岩似的诗呢，"犹如刚造出来的亚当那红色的轮廓"？或者另一行呢，"它们数量之多 / 犹如空中的鸟之路"？或者这一行呢，"天空中天鹅之翼的马 / 鬃毛中含着夏日的音乐"[35]？这些诗每一行都是潜在的吸睛点，暗含这样的问题："我们要从这儿走向哪里？"为何不就待在这儿，对着这些甚至只是炸土豆片的片段，而去努力探查它们似乎深不见底的意义？

鉴于贝多斯剧本提出的现实问题"虽然令人狐疑……却也并非完全无法推测"[36]，因此如果它们被搬上舞台，那无疑需要特别训练过的观众。斯特莱彻指出，"恰恰是在舞台上，这些令贝多斯悲剧减色的结构性瑕疵才最无关紧要。观众的注意力被应接不暇的耸人听闻的事件包装在精彩非凡的语言下，吸引注意力，提供愉悦，因此总的说来，他们既不在乎也不知道整部剧的效果是否与分散的段落相称"[37]。这样毫无准备的公众很可能是贝多斯剧本的理想观众，而二十世纪的读者则是有备而来：他的诗歌片段倚靠着我们的废墟。艾略特以及其后的诗歌碎片化已经向我们显示出该如何应对片段：它们呈现为什么我们就视为什么，最多从它们毗邻的诗段凭直觉获取意义，但总体上来说到此即可。诗有了诗意即为完整，还想要它更完整就会毁掉它坚硬但脆弱的本质。

我觉得不给大家一首完整的贝多斯诗歌就不应该草草结束。非片段且无瑕疵的珠玑为数不多，《卖梦货郎》便是不二之选；尽管这是贝多斯最为著名的一首诗，知道的人却并不多。乔治·圣茨伯利（George Saintsbury）认为"它应该为全世界熟知"，又说："什么样的言词可以充分展示它的动作和音乐？"[38]多纳花了七个页码分析这首诗复杂的韵律，它看似简单，实则纷繁复杂。他说道："诗歌的所有元素都融在一起，无法分解：意义、措辞、韵律，诗的全部成分，统一于一体，这就是诗篇本身。"[39]于我而言，我对它苦思多年，并未觉得我已探测出它形式上的复杂性或者隐约不明的寓意，而正如我之前所说，这两者却又似乎一目了然。

卖梦货郎

1

假若有梦可以出售，

你要购买什么？

有的只需铃声过耳；

　　有的一声轻叹，

从生命新鲜的叶冠上

摇落一片玫瑰叶。

假若有梦可以出售，

诉说亦喜亦悲，
叫唤者摇响铃铛，
　　你要购买什么？

2

一个农舍孤独而安静，
　　树荫就在附近，
那么阴凉，我的悲哀波澜
　　不惊，直至我死去。
如生命新鲜叶冠上的珍珠，
我很欣慰地摇落自己。
假若可以纵情做梦，
我就有良药治病，
　　那是欲购之物。

3

曾经有梦要出售，
　　可你买了疾病；
人生是梦，他们诉说，

　　　　醒来，然后死去。
梦到一场至尊之梦，
是愿望鬼魂再生，
　　　假若我有法术能够
　　　唤醒被葬的人，
　　　　　哪个会如此幸运？

4

假若有鬼魂需要复生，
　　　我应该召唤谁，
从地狱的昏暗烟雾中，
　　　天堂的蓝色大厅？
唤醒我久失的挚爱少年，
领我进入他的欢心。
　　　可是没有鬼魂可以唤醒；
　　　没有走出死亡的路；
　　　　　召唤只是徒劳。

5

你不认识可追索的鬼魂?

你也没有爱情。

人会躺倒，我也如此，

呼吸最后一口气。

从生命新鲜的叶冠上

坠落一片玫瑰叶。

那是可以追求的鬼魂，

所有的梦终于成真，

直到最终! [40]

三

雷蒙德·鲁塞尔的单身机器

1951年，我的朋友肯尼斯·科克（Kenneth Koch）经过一年富布莱特奖学资助从巴黎回来，带回来许多看起来很奇特的法语书。最奇特的莫过于一首题为《非洲新印记》的长诗单行本〔译按：此书题目为 Nouvelles Impressions d'Afrique，其中的 impressions 既有印象又有印刷的意思，作者在取《非洲印记》（Impressions d'Afrique）书名时除了表达印象的意思之外，还自嘲了自己是自费印刷那部作品的〕，作者是我从未听说过的雷蒙德·鲁塞尔（Raymond Roussel）。装订成十九世纪的外观，事实上出版人勒梅尔（Lemerre）也真的在封底内页印上了一串曾经闪耀十九世纪的法国诗人，如勒贡特·德·列尔（Leconte de Lisle）、法朗索瓦·戈贝（François Coppée）以及若瑟-玛丽亚·德·埃雷迪亚（José-María de Hérédia）。书内，每隔几页就会有一张插图打断正文，插图的风格虽然流畅但完完全全是传统的，让我想到学校法语会话书中的插图。但是虽说风格传统，主题却很奇异：一个立于独孤风景中的雪人；一扇在风中啪啪作响的百叶窗；一位蒙住双眼面对行刑队的军官；一位透过威尼斯遮阳棚的缝隙窥视的女人；一位看似很发达的老绅士坐在桌前手拿一把转轮手枪对着自己的太阳穴。这首诗要有怎样的叙事才有可能将这一组风马牛不相及的图片连接起来？

但正文看起来才是最奇特的。全诗分为四部或四篇，各有一个标题，以一个按说是在非洲发现的遗迹或奇珍命名。第一篇是《杜姆亚特：圣路易被囚的房子》（*Damietta：The House Where Saint Louis Was Kept Prisoner*）。该诗看似以合乎亚历山大体的格律写成（译按：亚历山大体的诗行每行有六个抑扬格），但常常被括号打断，而括号里还有括号，甚至多到五重括号。事实上，每一篇都只包括一个不算长的句子，被手风琴一般的一套括号扩展得奇长无比。另外还有脚注，也是用押韵的亚历山大体写成，也有一组括号。不用说，很奇怪。那时候，我相信我在脑子里记下一条，哪怕仅仅是为了发现那首诗里可能有些什么，我迟早有一天要把法语学到能够读诗。

这一点我几年内都没做到。直到1958年，我拿了富布莱特奖学金在法国度过两年，又在纽约大学读研期间修了一年法语课，我决定再回法国，试图去收集鲁塞尔的资料写毕业论文。部分原因是我要找借口从我父母那儿剥一些钱，继续住在巴黎，那儿的生活很自在。不过我确实做了一些鲁塞尔研究，甚至延续到放弃以他写毕业论文之后。

那时候，鲁塞尔是个几乎被人忘记的人物，尽管他很受超现实主义者们拥戴，马歇尔·杜尚（Marcel Duchamp）就白纸黑字地承认，鲁塞尔对他后期艺术以及再后来的象棋生涯具有决定性影响，而鲁塞尔在当时风行一时的新小说的形成中所扮演的角色迄今仍未获得足够认可，新小说的主要实践者阿兰·罗布-格里耶（Alain Robbe-Grillet）和米歇尔·布托（Michel Butor）都注意到鲁塞尔的作品并发表过不怎么为人注意的文章。[1]事实上，美国人在巴黎曾一度拥有一个优势。虽说我曾短暂博得"对鲁塞尔感兴趣的美国疯子"之名，我却成功地接近了鲁塞尔的侄子，那位埃尔欣根公爵，他一直认为他叔叔是家族里不能提的丑事，毫无例外地拒绝与任何试图采访这个话题的法国作家保持联系。我们第一次见面时，他问我是否认为鲁塞尔的作品在美国可能获得像法朗索瓦·萨冈（Francoise Sagan）一样的成功。我回答说："为何不会？"这话就足以让公爵给我翻阅他拥有的所有资料——不过，结果发现，除了家族相簿里的快照之外，资料并不多。纸质材料很少，显然这位公爵并没有被感动得要保存已有资料，在他看来，别的不说，他叔叔是一个吸毒上瘾的同性恋，挥霍了家里的大笔财富，其中有部分就毫无节制地花在出版作品和制作那些令人费解的话剧上了。[2]

还有一些比较冷门的路子。一个偶然机会，我追踪到线索，鲁塞尔表面上的情妇在布鲁塞尔的一个养老院，这得感谢她之前住址上的那个先生恰好记得她去了哪里。通过几位偶然的相识者，我见到了鲁塞尔母亲那边的亲戚，而我并不知道有这些人存在。通过艺术批评家马克斯·科兹洛夫（Max Kozloff），我见到了迄今为止无人找到的皮埃尔·弗隆岱（Pierre Frondaie）的遗孀，弗隆岱曾经将鲁塞尔的一部小说搬上舞台，而科兹洛夫恰好碰巧租了弗隆岱遗孀郊区的家那边的一间公寓。有个朋友在巴黎的一个跳蚤市场发现一个拍卖目录副本，拍卖的是鲁塞尔母亲的重要艺术藏品。我发现超现实主义画家雅克·艾罗尔（Jacques Hérold）拥有的一份小样，竟是鲁塞尔死后出版的一部未完成的小说所佚失的介绍性的一章。在当时，这一章是他未出版的作品第一次被人看见。

到了1960年代初，对他的追踪开始热火起来。1963年，米歇尔·福柯出版了他的第一部专著，是对鲁塞尔的批评研究，题为《死亡与迷宫》（*Death and the Labyrinth*）[3]。其后不久，《怪异》（*Bizarre*）杂志就出了鲁塞尔专号，我也撰写了一篇评述他剧作的论文。[4]。出版商让-雅克·鲍维尔

（Jean-Jacques Pauvert）获得鲁塞尔作品的版权后，开始陆续重新出版它们；而与此同时，伽利玛出版社在不知情的情形下，出版了鲁塞尔绝版很久的小说《无二之处》（*Locus Solus*），鲍维尔强制他们收回了成书。我于1961年在《艺术新闻年鉴》（*Art News Annual*）上发表了首篇美国人做的研究[5]，随后不久被收入意大利的一本评论他的文集；在英国，小说家莱纳·赫本斯塔尔（Rayner Heppenstall）出版了一本论鲁塞尔的专著，并与他女儿合作翻译了鲁塞尔的《非洲印记》。[6]与此同时，鲁塞尔的侄子，那位公爵，开始接受任何愿意听的人的采访，1972年法朗索瓦·贾哈代克（Francois Caradec）所撰的传记面世，融合了当时所知的有关鲁塞尔的全部而少得可怜的知识。[7]鲁塞尔专题研究全面启动。

今天，鲁塞尔的作品被大批量印刷成袖珍版，成为各方评论家的材料资源——似乎他写出来就是为了让人解构的——而且还在电视以及高光纸印刷的杂志上讨论。他的作品研讨会定期在尼斯举行，这个城市在他早期作品中占有重要地位，而至少在一次这样的会议上，与会者品尝了鲁塞尔最喜欢的一道菜，按照最近从他以前的厨师那儿挖掘出来的菜谱做出来的巧克力汤。如果他还活着，他可能会觉得自己终于功成名就，尽管成功的原因也许令他意外，但他一直就觉得自己注定会成为名家。事实上，他的成功很大程度上源于数说不尽的逸闻趣事，这些笼罩他一生的轶事有真有假，而他总想尽量隐藏。

他的作品近来在批评界获得成功的另一个原因，用法语的说法，就是它方便配上任何一种酱料上桌。从让·科克托（Jean Cocteau）到福柯以及之后，讨论鲁塞尔的评论家们所写的东西几乎都不自觉地倾向于谈论自己。鲁塞尔能对我做什么、将会如何影响我，成了大部分文章没有明确说出的前提。科克托在《鸦片》（*Opium*）中对于鲁塞尔的欣赏很有价值，尤其因为他们曾同在圣克劳德的一个化毒诊所合伙借住，但是他坦承说，"在1918年我弃绝了鲁塞尔，以免他对我施魔法，令我无法逃脱。从那之后，我就构筑了防御工事。我可以从外部看他"，这些话为以后的很多事定下了基调。

无疑，鲁塞尔留下很多作品，愿意承接的批评家大有可为，现在这样的人也确实不少。例如，菲利普·G.科尔贝莱（Philippe G.Kerbellec）最近出了一本研究著作，专门解析鲁塞尔作品中的双关，而双关是鲁塞尔写作"方法"中不可或缺的，他为此还在《我的有些书是如何写成的》（*How I Wrote Certain of My Books*）中给出了几个例子，此书在他死后出版了。[9] 没人能否认鲁塞尔的作品充满了秘密，但这些秘密的重要性多大则不是那么确定。换句话说，是否如安东·布勒东（André Breton）和其他人所想的那样，存在某种隐藏的、炼金术似的钥匙，可用来解构他的作品，或者那种隐藏的意义是否仅仅是一个孩子式谜语或疑难的答案，仅仅对于埋起答案的上下文才具有意义？这些问题不太可能得到回答。同时，要把这些问题作为批评探究鲁塞尔作品的焦点，也是要冒险冲淡其光彩的，而首先吸引读者的正是这种光彩。贾哈代克（Caradec）说："我们首要必须把作品当做作品来读，这就是令我们着迷的奇妙游戏。"[10]

要考察作品，我们必须从他的生平开始看，最基本的理由是，在这个个案中，他的生活在很大程度上就是他的作品：首先因为他的作品对他具有至关重要的意义，几乎已经将他最表面的私人关系从他的生活中挤了出去；其次因为他传记材料的匮乏。贾哈代克出版于1972年的传记所收集到的绝大部分是鲁塞尔的明信片问候、致谢便条以及他签在书上的赠言，中间穿插着一些文字，摘自对他剧本的评论以及很少在他生前见刊的书评（1997年出版的修改版，结合新发现的材料内容大为充实）。在一个不同寻常的程度上，生活中的那个男人已经融进那个作者的轮廓中。

鲁塞尔1877年1月20日生于巴黎，父母生活富足：父亲欧仁（Eugène）是个股票经纪，母亲玛格丽特乃巴黎富商之女。他们住在马勒舍布（Malesherbes）大街25号，靠近玛德琳教堂，与住在9号的马塞尔·普鲁斯特（Marcel Proust）一家为邻。我们知道鲁塞尔与普鲁斯特彼此认识，因为鲁塞尔在后期出的一本随书附送的宣传小册子里，抄录了普鲁斯特有点屈尊俯就的贺词；而普鲁斯特的书信中也有几次提到鲁塞尔家（鲁塞尔在法国是常见姓氏，因此普鲁斯特有可能说的是另一家；但有一处肯定与雷蒙德相关，那封信中提到"小鲁塞尔"与莫斯科亲王订婚，就是指雷蒙德的妹妹）。鲁塞尔一家还认识画家玛德琳·勒麦尔（Madeleine Lemaire），她是普鲁斯特小说中维尔迪兰的主要原型，她还为小时候的雷蒙德画了一幅肖像。后来，鲁塞尔还结识了罗伯特·德·孟德斯鸠（Robert de Montesquiou），普鲁斯特笔下的夏吕斯男爵，他写出了第一篇很有分量的关于鲁塞尔作品的批评论文。普鲁斯特和鲁塞尔的角色与写作之间的相似常常被人提及，从某些侧面看，鲁塞尔似乎是普鲁斯特鬼魂似的折射。例如，罗杰·维特拉克（Roger Vitrac）称鲁塞尔是"梦幻的普鲁斯特"[11]。然而，尽管有这些撩拨人心的切点，对于鲁塞尔在巴黎上层社交圈里的生活，就算真的有，我们也所知甚少。

1880年代，鲁塞尔一家从马勒舍布大街（Boulevard Malesherbes）搬到香榭丽舍近处的一座豪宅，他们家也常去巴黎市郊纳伊（Neuilly）布洛涅森林（Bois de Boulogne）的别墅居住，并会在法国西南部城市比亚利兹（Biarritz）另一座俯瞰大西洋的别墅消夏。雷蒙德父母容许他从中学辍学，进巴黎音乐学院学习钢琴，他在那里演奏不同作品，例如李斯特（Liszt）的练习曲、肖邦（Chopin）的诙谐曲、巴拉基列夫（Balakirev）的《伊斯拉美》（*Islamey*），他因此深得导师们赞赏，并最终使他获得年度竞赛的提名奖。他十六岁时就已谱写歌曲，但一年后就为写诗而放弃作曲，因为他发现"字句比音乐来得更容易"[12]。

鲁塞尔在《我的有些书是如何写成的》中说道："我想在此说说我十九岁时经历的一个奇怪的危机，当时我正在创作《衬里》（*La Doublure*）（他的第一部有分量的作品，一部诗体小说）。有几个月时间，我一直体验着一种超常强度的宇宙性荣耀感。"[13]治疗他的心理医生皮埃尔·雅奈（Pierre Janet）在《从焦虑到狂喜》（*From Anguish to Ecstasy*）中这样描述他的这场危机：他引用鲁塞尔所说的话，"某些事特别能令你觉得你在创造一部杰作，你就是奇才：有些儿童奇才在八岁时就显山露水，而我到了十九岁才崭露头角。我与但丁和莎士比亚属于同一个段位，我觉得我与七十岁的雨果、1811年的拿破仑、唐豪塞在维纳斯堡做梦时心有戚戚：我感到了荣耀"。他继续说道："我正在写的散发出明耀的光束，我得拉上帘子，因为我怕最细小的缝隙也会让我笔下的光束逃逸。如果我随意把纸放在那儿，那么所产生的光线可能会照到中国那么远的地方，惶恐的人群就会如暴雨般扑打那房子……我在那样的时刻活得超越了一生其余的所有时间。"雅奈加上一句："他可能愿意献出整整一生，就为了找到同样幸福的一刻。"[14]

《衬里》的出版是在次年，也就是1899年，出版后毫无反响，鲁塞尔发现太阳和月亮仍然按部就班，行星并没有脱离轨道，巴黎的日常生活一如既往，因此他陷入深深的忧郁中，疹子几乎长满了全身。显然就是在这个时候，他父母寻求皮埃尔·雅奈给予建议。虽说《衬里》远远称不上杰作，鲁塞尔最重要的著作也还未写出，似乎这个游戏却到此结束了，将来的著作无论受到赞赏还是指责都与此无关了。

鲁塞尔的作品有一点很令人好奇，他的早期、中期、后期之作极少相似。《衬里》和紧接着的书《视》（*La Vue*）都是长诗，其中对庸常之物的押韵描述几乎占据了全部内容，可谓别无他物。正是这些作品影响了新小说，例如罗布-格里耶的《窥视者》（*Le Voyeur*）与《嫉妒》（*La Jalousie*）就连篇累牍地描写一个威尼斯遮阳棚或浮在水上的一盒高卢女士牌香烟。鲁塞尔的下两部作品从表面上看是小说，其实是以散文写的。这两部作品中描写还是至为重要，但是所描写的不再是庸常之物而是幻想场景、创造物、怪诞的艺术作品：这作品直接影响了杜尚以及后来的超现实主义者。尽管也有舞台演出源自这两本小说，但鲁塞尔为演出而创作的作品是两部写于1920年代的剧作：《额头的星》（*L'Étoile au Front*）和《太阳之尘》（*La Poussière de Soleils*）。这两部剧作都仅仅是收集了一些逸闻趣事片段，角色讲给彼此听；前一部剧作中，角色们全靠一批古玩中的不同什物激发；后一部中，则依靠一次寻宝中的线索，最终找到的是一个遗言。正如小说无论发生了什么，结果就是小说（科克托说，"最终，《非洲印记》留下了对非洲的印象"）[15]，这两部剧作以它们自己的方式制造戏剧性：罗伯特·戴思诺（Robert Desnos）评论说，"角色们被悲剧性地简化为棋子，由好奇、恶德或爱情中的一种激情所控制"。

《非洲新印记》（1932年）是一首史诗，配有怪异的插图和林立的括号，此类可谓独此一件。虽说鲁塞尔一直着迷于故事套故事，也就是法国人称的带抽屉的小说，可这书的情形是，一个句子中有许多句子彼此穿插。如果通俗地说把这句子拉平了，也就是把括号里的意思都展开，按应有的顺序重新排列，这首诗还是能读的，意义上也是能弄通的（鲁塞尔考虑过把书印成不同颜色，以便多少减轻一点读者的负担，但因为所需的花费太高而没有实现：那时他的财富已经所剩不多了）。这首诗的神秘之处在于其结构，而不是内容，内容绝对被结构抢了风头。

鲁塞尔的最后一部作品《我的有些书是如何写成的》在他死后不久面世，他是1933年在帕勒莫（Palermo）的一个宾馆房间里自杀身亡的。这本书是个大杂烩，包括一篇论文《我的有些书是如何写成的》，一些之前从未收集起来的少年之作，雅奈称之为《极喜的心理学特征》（*The Psychological Characteristics of Ecstasy*）的节选（这篇作品讨论的是化名为马夏尔的鲁塞尔，马夏尔是《无二之处》小说中的中心人物的名字），一篇象棋杂志上描述鲁塞尔所发明的一着棋，以及放在"起框架作用的文件"这一标题下未完成的最后一部小说。

最后一篇是一部非凡的作品，又是一部带抽屉的小说，但是由于鲁塞尔抽出了介绍性的第一章（故事开头甚至加了一个注，要求印刷商这么做）[16]，要不是这一章神迹似地幸存下来，故事的内在联系就不可能猜测得出。有鉴于此，我们才知道小说一开始描述了哈瓦那的一个俱乐部，交给三十个会员的任务是想出欧洲比美国优越的例子。由于鲁塞尔在死时只完成了六个"文件"，因此他把它们作为一组彼此没有关联的故事出版。他注重简洁简直到了魔障的程度，要用极少的字说出想说的意思，他一直都执迷于这一点。在两部剧作中，这一点被发挥到了极致，以至于演员很难记住台词，观众很难跟上，而"文件"浓缩到连鲁塞尔也觉得其密度达到了新高：它们就像重水。

以上是鲁塞尔文学生涯的大概轮廓。既然对他来说，人生到了十九岁也就结束了，余下的生活也就没什么可说。当然，他继续完成了一些他那个阶层和国家理应要做的事：服兵役，然后在世界大战时做了一份后方的工作；旅行；在尼斯过冬，在比亚利兹消夏；傍晚和他表面上的情妇杜夫海纳夫人（Mme.Dufrène）看戏。重要事件无疑是1911年到1927年间他的四部剧作的制作上演，令人痛心的是，这些演出都以灾难性结局而告终，给鲁塞尔带来的是巨大的痛苦，给他家带来的是极端难堪。1911年他母亲去世后，他继承了纳伊那儿的房子并住了下来，几乎与世隔绝。他的习惯是上午写作，从下午开始到傍晚只吃一顿，既当早餐、又当午餐、还当晚餐，但这一顿无人相陪的大餐常常包括二十七道菜。然后，他就有空到剧院消磨夜晚，常常夜复一夜地出席相同的演出，若有可能会坐在同一个座位，而那位杜夫海纳夫人就得长久地忍耐着。他的口味是流行喜剧、小歌剧以及当时的情节剧，他也看儿童剧，这时候他与杜夫海纳夫人以及她认识的一个小女孩一起去。他在衣物上花费惊人，往往穿了几次就扔，他最喜欢的场面是穿戴一身全新的衣物，他把这个比作"在鸡蛋上散步"[17]。同时，他对从未做过的事很是恐惧，因此总是强迫症似地重复日常生活中的行为，像举行仪式一样，犹如《无二之处》中复活了的尸体一样。凭借一种化学物质"复活酊"，这些尸体幸存下来，无休止地重复生前最重要的行为。

他的旅行也同样古怪。有这么一个故事，说他以怪癖著称的母亲邀请一帮客人乘坐一艘私人游船去印度游玩，船上装着她自己的棺材。当他们从海边出航几英里之后，她瞥见陆地，立即命令船长转头，驶回法国。雷蒙德在1920年到1921年环游世界，但显然见闻不多，因为大部分时间他就是在宾馆房间里写作，甚至在北京也是如此。他从墨尔本写信给杜夫海纳夫人说："这儿附近有两个海滨胜地，叫做布莱顿和门顿。为了从布莱顿远足到门顿，跑这么远很值得，而我做到了。"[18]在纽约时，他本打算好好享受一场奢华的沐浴，但他注意到一张宣传单上说，那个大宾馆里的每个房间都配备了一个沐浴间，这令他大为愤怒，因为他觉得奢华应该只能由少数人享受，否则就毫无意义——这就有损他出奇大方的名声了。

因此，尽管他的人生与他那个时代特权阶层的那些百无一用的纨绔子弟成员表面上有所相似，但他和那些人之间的差别，使得他的人生很难用正常人的行为解释。与此相似的不一致使得他的写作与其他文学几乎绝缘，具有完全不同的分子结构。

那些先读他异想天开的后期作品的人，回过来读《衬里》的话可能会失望，但《衬里》还是表现得非同寻常，读者几乎能够理解作家在写作时的那种很不自然的欢欣感。小说标题一词两义，这在鲁塞尔作品中处处可见：doublure 的意思可以是（一件衣服的）"衬里"或者"替角"，只是在伽斯帕尔（Gaspard）的故事中才用得到后一个意思，这个三流演员被聘在一家巴黎剧院的一个古装剧中当替角，但这或许与之前的一个故事《轻拂》（*Chiquenaude*）有联系，这个故事第一行中 doublure 这个词最终被赋予了另一层意思，也许因为鲁塞尔明确地警告我们，不要在两个故事之间建立亲和关系。不过，起码有一个读者、剧作家罗杰·维特拉克（Roger Vitrac）这样做过，下结论说，第一句和最后一句的双关语说明"这首诗被毁掉，就像蛾子的形象被缝进了法兰绒，毁掉了原本厚实耐穿的裤子"[19]。

尽管如此，这部将近两百页的押韵小说的情节还是很容易归纳的。伽斯帕尔爱上了一个包养妓女萝贝尔特，他们用她的钱一起去了尼斯，混进了忏悔节的狂欢。写到这里，接着便是对狂欢节上彩车和化妆服的描述，几乎有数学般的精确，分量占到全书的四分之三。情人分手了，伽斯帕尔回到巴黎，新做一份低贱的、与纳伊的年度狂欢节有关的工作

（离鲁塞尔的别墅不远）。最后一行，四周是如火如荼的狂欢节，伽斯帕尔仰望星空，独自一人。

　　这是一个悲伤而凄惨的小故事，一个可能会从自然主义作家如左拉、龚古尔（Goncourt）兄弟或者小说《蒙帕纳斯的蒲蒲》（*Bubu of Montparnasse*）的作者查理-路易·菲利普（Charles-Louis Philippe）的抽屉里漏掉的故事，兴味在于故事的叙述。这个十九岁的作者具有神童的天分，能玩转得了流水似的亚历山大诗行，但远不是诗，而是精致规则的有韵散文。鲁塞尔的目的不仅在于讲一个故事——毕竟故事只有一个——而是要把物件与装饰都描述得详尽至极，把文字媒介运用到毫无痕迹也毫不惊异的地步。整部作品一气呵成（人们可以理解其如此大的一致性让鲁塞尔在写作时多么兴奋），可是作品的分寸感尽失：我们不得不时时盘桓于兴味寡淡的场景，而爱情故事的心理基础几乎缺失。在一场椅上做爱的场景中，鲁塞尔描述了萝贝尔特乳房上的青筋以及她乱糟糟的亵衣，结束时的那一行是"椅背咔咔开裂的声音响了几次"[20]——这些都是很前卫的焦点转移，出现在以后的超现实主义散文中，如路易·阿拉贡（Louis Aragon）的《巴黎的农民》（*Le Paysan de Paris*）以及新小说中，甚至在当今的极简主义小说中，但是这种手法在1897年那个时候流行的作家文集中出现还是非常令人震惊的。结果是，人们一方面钦佩鲁塞尔描述的精准，另一方面又会同意他的传记作者贾哈代克（Caradec）所说的，"鲁塞尔似乎完全没有自发的想象力"，这话也适用于我们说的照相机。

鲁塞尔的第二部作品《视》出版于1903年，继续了《衬里》中的描述脉络。标题又是**双关语**：la vue 可以是"视野"也可以是"视力"。构成这部作品的三首长诗都包括细致入微的甚至是显微镜式的描述：不过这一次的描述不是针对实际场景，而是针对印刷图片。第一首的标题也是书的标题，描述的是一幅海滩景象的复制图（也许是比亚利兹的海滩，从鲁塞尔的消夏别墅可以看见），这幅图不大，印在一件纪念品笔架的扶手上，从墙上的窥探小洞可以看到它的样子。第二首《音乐会》（*Le Concert*）以同样令人头痛的细节描述了一场音乐会，那是一支印在一张宾馆信笺信头上的乐队。第三首《泉源》（*La Source*）既是"温泉浴场"又是"来源"的意思，所描述的场景是一瓶矿泉水的商标纸，形式上具有典型的鲁塞尔风格，括号套括号，信马由缰。诗篇开始，叙述者坐在饭店桌前午餐，简略提到店内其他顾客，包括一对正在低语欢笑的年轻夫妻。然后，诗人开启了他对商标纸上那张温泉浴场图长达五十页的描绘，不过这一次的描绘中提供了场景中人物的心理和外部描画。一直到结尾，我们才又回到饭店，一丝失落的味道黯然潜入：那对夫妻

"仍然在低语着什么,而我们无法听到"。与书同题的这首诗结尾,客观的口吻令人吃惊地不见了,只见叙述者这样说道:"对一个夏季的潜藏的永恒记忆 / 已经死去,已经离我而去,被轻捷地带走。"[21]《我的有些书是如何写成的》一书所附的简短自传说明中,鲁塞尔告知我们:"我对童年的记忆充满欢乐。我可以说我那时体验了好几年完美的幸福。"[22]我们从其他资料得知,对于他拥有特别幸福的童年回忆之地,他晚年拒绝走近,其中就包括瑞士的圣莫里兹(St.Moritz)和法国东北部的艾克斯莱班(Aix-les-Bains)。诗中,他对类似的度假地点感情浓烈的描述,先转化为永不变化或消退的印刷插图,最后抵达了他自己的《寻找失去的时光》(Recherche du temps perdu)。无论怎么说,这是鲁塞尔所能做到的最深切的自白。

1924年,保罗·艾吕雅(Paul Eluard)评论鲁塞尔剧作《额头的星》(L'Étoile au Front),在该文《超现实主义的革命》(La Révolution Surréalist)结尾时,他写道:"但愿雷蒙德·鲁塞尔继续展现他仍未具有的面貌。我们是一小群仅以现实为重的人。"鲁塞尔在其出版于1910年的下一部作品《非洲印记》中,抛弃了任何现实主义的借口,转而将注意力决然地转向"仍未具有的面貌"。然而,小说再次几乎由描述构成,仅凭极其单薄的情节连在一起。一群欧洲人,其中包括一些去南美巡游的倡优和马戏演员，因为所乘坐的船林修斯号（the Lynceus）在非洲海岸沉没而流落非洲（林修斯是阿尔戈英雄之一，他目光敏锐，可以看穿城墙，观察天堂与地狱中的动静）。他们被非洲当地的一个暴君塔鲁俘获，索取赎金。为了消磨赎金送来之前的时间，他们动员每个人发挥各自的才能，设计出一场颇为复杂的游戏或说庆典，打算在释放之日举行。书的前半部描绘庆典场景，而其间穿插着种种死刑场景，被杀的是惹塔鲁生气的臣民，描述得令人毛骨悚然。书的后半部解释了读者刚刚读到的诸多事件，而解释却比事件本身更令人困惑迷茫。鲁塞尔想让读者读得容易一些，劝读者"不要成为雷蒙德·鲁塞尔的艺术门徒"，可以从第212页开始读，读到第455页，然后回过来读第1页至211页（我们不禁要想，门徒都有哪些人）。

有人暗示，《非洲印记》极有可能又是鲁塞尔的一个双关语。原文 impressions 可能指印刷术语（犹如一印、二印等），而 d'Afrique 可能拆开为 de fric 或说"钞票的"，这就暗含了鲁塞尔自嘲式的自我形象：一个有钱的作者，只能自费出版作品。他的下一部小说的标题 Locus Solus（本文译为"无二之处"）可能指"孤独之处"或"唯一之处"。据此改编的演出失败之后，该标题便满城风雨，成为各种双关影射的目标，没完没了，有些相当下作，而鲁塞尔似乎很是欣赏，在简短的自传速写中把它们都列了出来。

我这儿又要在叙述之后加上解释。一位著名科学家、发明家马夏尔·坎特雷尔曾经邀请一群客人去他郊外别墅"无二之处"的花园里鉴赏他创造的奇观异物。他与儒勒·凡尔纳以及航天家卡米尔·弗拉马里翁有些相似，而这两位都是鲁塞尔极为崇拜之人。他的种种发明被描述得超乎寻常地细致入微，显得越发复杂。一个手提钻在空中运转，忙于制作一块牙齿的镶嵌画，继而出现一位日耳曼骑兵，而我们继续则看到一颗巨大的玻璃"钻石"，其中浮现一位裸女舞者、一只没毛的猫以及丹东被杀后留下的头颅。中间很长的章节里包括更多经过防腐处理的东西，我们可以看到在一个巨大的玻璃罩里有不同的隔间，有八幅奇怪的*活人画*。后来我才知道，原来那些活人画中的人物都是尸体，都靠注射坎特雷尔发明的复活酊而保持激活的状态，让他们的运动能力只够演示生命中最关键的事件。例如，年轻的英国荡妇爱瑟芙蕾妲·埃克斯莱抵挡不了当时把指甲磨成镜面的时尚，但是她恐惧血液和红色，看到手指甲半月痕中反射的灯笼便顿时晕倒，因为那灯笼上印着一张红色的欧洲地图，而个中原因太复杂，在此我一时无法解释清楚。她将一直重复这几个词："半月痕中……整个欧洲……血红的……彻底的红色"[23]。坎特雷尔曾经精心地再现过这个场景，在一个冷藏玻璃罩里，在那里舞台人员穿着皮草，按理他们应该像日本能剧表演时那样是看不见的，承担起无尽重复的情境的连贯运作。

这些书完全说不上有任何方面的成功，这导致鲁塞尔以为自己选错了媒介。他确信他要传达的"信息"似乎还没有人理解，而剧场可能是更佳载体。在《无二之处》之后，他将《非洲印记》改编为舞台演出，遭到了早已预料到的失败和嘲弄，但起码有一些文人因为出席演出而了解到他的作品，其中就包括纪尧姆·阿波利奈尔（Guillaume Apollinaire）和马塞尔·杜尚。阿波利奈尔几年之后出版了《特莱西娅的乳房》（*Mamelles de Tirésias*），而杜尚曾说这部戏间接导致他放弃当时正在创作的一部后现代主义风格的作品，过渡到他著名的 machines célibrataires 或说"单身机器"，例如《新娘，甚至被光棍剥光了衣服》（*The Bride Strippecl Bare by Her Bachelors , Even*）[24]。同样地，阿尔伯托·贾科梅蒂（Alberto Giacometti）有一次对我说过，他曾因阅读《无二之处》而受到启发，创作出早期的一些超现实主义作品，如《凌晨四点的宫殿》（*The Palace at Four A.M.*）。

尽管鲁塞尔对他那个时代一些最富创造力的头脑产生过决定性影响，但他仍然不为一般大众所知。这终将得到改观，但可悲的是，那是因为他挽救不了他后来几场戏剧的大败。他把《非洲印记》的失败想当然地认为是他缺少舞台艺术的知识，因此他委托皮埃尔·弗隆岱（Pierre Frondaie）把《无二之处》改编成剧本；弗隆岱是小说家，曾经把几部流行小说成功改编为舞台作品，所以很出名，而这一次的结果令《非洲印记》的失败不值一提。弗隆岱投入了巨资（参与制作的人都投了很大资金），似乎一门心思就是要把这本书改编得让人嘲弄。无论怎么看，他改出来的戏都荒诞可笑，然而与鲁塞尔的小说几乎无任何关系。由于该剧的制作投入了巨资，舞台设计由埃米尔·博亭（Emile Bertin）按"卡里加里博士"风格设计，服装由保罗·波烈（Paul Poiret）设计，演出班底包括当时法国戏剧界最耀眼的名字，这一切引发了公众大喝倒彩：人们一边骂演员与剧场导演唯利是图（弗隆岱倒是很聪明，他匿名隐身了），一边苛责鲁塞尔剥夺了真诚而可怜的剧作家的活力。

鲁塞尔被人说服，终于要亲自上场执导自己的戏，他在1920年代制作了两部剧《额头的星》（*The Star on the Forehead*）和《太阳之尘》（*The Dust of Suns*），但评论界的反应与之前差不多。前一部戏完全由分配给不同演员的奇闻轶事构成，虽说是鲁塞尔最可爱和最好懂的作品之一，却引得众口嚣嚣。有时，文本质地令人想到安东·冯·韦伯恩（Anton von Webern）的编曲，一个简洁的主题交给一组乐器轮流演奏。

> 茹萨克：他又陷入了昏迷？
>
> 特莱泽尔：与之前完全一样，导致他妹妹产生了严重的道德危机。她已再也无法罔顾事实：全凭专断的意志简化缩减他的收养工作，也没有做完，吉蒙啊，他希望的是让自己的儿子成为继承人……
>
> 茹萨克：令她深受其害……
>
> 克洛德：对她女儿的伤害对她的影响更大，因为说到底她还是一位母亲啊。[25]

最终，故事很成功地以一种奇怪的光照亮了讲述故事的角色，而戏剧效果，起码在剧场性上是达到了。

1915年，鲁塞尔开始写一部长诗，他说他曾为写两部剧作而中断这部诗的创作。在完成两部剧作后，他又拿起这部作品《非洲新印记》（更多付费出版物？）。这部诗作是他最后一部完整作品，也很可能是他的代表作。也许中断写作对形式有些影响，该作品的构成就是一个又一个断裂；也许这就是鲁塞尔对离题的最终处理，就像立体主义一样，他以棱镜栅格的碎片化平面给我们呈现出这个物体的总体性。

这部长诗的第一章《达米爱特》（*Damiette*）的开始，叙述人看到路易九世即"圣路易"被关押的房间惊异不已，路易九世在十字军时期被关押三个月。埃及很常见的"坍塌的奇迹"却古老得很，叙述者想到这一点，上面这样的历史事件似乎就变得很近了。他说，当它们展现在眼前时，其他的一切似乎都始于昨天，例如，那个家族的姓氏，拥有这姓氏的人非常自豪，他非常清楚——这儿开始了第一次离题——正如住在住户不多的塔楼顶层公寓里的房客，一位摄影师所知的那样……但是他是一个平庸的摄影师，尽管很善于隐藏起自己的鱼尾纹和粉刺……这个想法进一步离题，讨论起润饰的力量，紧接着又因为想到一个为他摆拍的虚荣的人，禁不住想，如果他忘了屏住呼吸，图像是否会模糊，由此冒出长长的一大串人们会担心的事：横在子宫里的婴儿是否在出生时变成生母的杀手。树下的花朵，因为淋到了一个吃芦笋的人撒的尿，禁不住想自己的香味是否还会回来。一堵墙，在风中的百叶窗的猛烈拍打下，禁不住想它到底犯下了什么良心之罪。到尼斯过冬的旅客一只眼盯着温度计，禁不住想是否要穿麻布衣服。这一想法引发一条脚注：给一位来尼斯过冬的游客提供外套有点像——然后就是一长串肯定会被拒绝的礼物，给刚服下圣餐的罪人送去的催吐剂、给上了绞架的人送去的催情药以及给热切于听讲座的人送去的镇静剂等等。只是在这些括号等双对符号都打开和封闭之后，我们才完整读完被打断的第一句，而这一句还列出了许多其他与埃及古物相对照时显得很新的东西：无装饰的教堂、自傲的纪念石柱、石圈、下面总有一片干爽地面的坟墓石牌坊。而圣路易和他囚禁之屋又如何了呢？这一章开始几行之后就被抛弃了。鲁塞尔对我们说，只要人们知道圣路易在那扇门后被囚三个月，他们毋庸置疑就会反思，那就到此为止。

其他的非洲"珍品"也进行了同样处理：叙述者仅仅提了一下，就立即不能自已，踏上一场散漫无际的自由联想的环游。诗歌名义上的主题并非主题，它们甚至都无法作为借口以便列出后面的种种庸常之物，更不用说，刚列出的单子立即就会被更多清单打断，直到最后，这一章可以在任何地方猛然一抽，就结束了。因此，《非洲新印记》就是一个异数：一首没有或几乎没有主题的叙事诗。它的真正主题就是它的形式：一段段文字中，括号套括号，像打嗝似的，读者一直被引入歧路、一筹莫展，直到他正要像迷宫中精疲力竭的老鼠那样决定放弃时，突然发现自己得到天助一般，竟然站在漫游的尽头，尽管这并不是比聪明的结果。然而，沿途的风景已说明了一切，铢积寸累，其结果就像是人们已经经历过的日常生活：单调腻味，同时却又因为其无可避免而令人兴奋。罗布-格里耶这么评说鲁塞尔："那种清晰、那种透明，排除了事物背后存在的其他世界，而我们却又发现我们无法逃离这个世界。一切都僵持不下，一切都总在从头再来。"他力争说："我们看到的这位作家，与人们公认的优秀作家完全相反：鲁塞尔没话找话，而且还说得很糟。"[26]对此，人们可能产生争论。如果"没话找话"指的是以许多精彩故事组成迷宫，找来说的所有话都是为了讲故事本身，那么也许鲁塞尔确实是没话找话，他讲得是不是很糟呢？可以这么说，他写作时精确得像一位数学家。用米歇尔·莱瑞斯（Michel Leiris）的话说：他的散文"是按照高中写作手册训练出来的法语散文。"[27]换言之，他的散文是一种彻底中性的媒介，与他找出来说的"无话之话"刚好匹配。这样，我们禁不住就会想到音乐家约翰·凯奇（John Cage）的观点，"我没有什么要传达／但我正在说它／而这就是／我所需要的／诗"[28]。一如凯奇，鲁塞尔也是一位就想要成为诗人的诗人：他一直令我们直面我们思维中最新的时刻，那个此刻，是任何事都可能并且必须发生的此刻，那个写作开始的那个"无二之地"。

四

"为何你必须知道？"约翰·惠尔赖特的诗歌

　　劳拉·瑞丁给我写过一封义愤填膺的信,因为我曾答应寄给她一份有她作品的刊物——那份刊物她已经没有了,而我听说她需要。她回信道,虽然她确实很需要那份刊物,但她无法接受我送给她。一个原因似乎是我在一次采访中表现得很没数,说我自认为她的诗影响过我,而她觉得那是不可能的事。不过,主要原因却是我给《诗歌领航》(*Poetry Pilot*)撰文时,把她归入我认为是二十世纪最受忽视的一组诗人,其中有本章的主题诗人约翰·惠尔赖特(John Wheelwright),还有最后一章的主题诗人戴维·舒贝特。她指责说,"把我和你说没得到应有关注的一帮可怜东西混为一谈"。

　　直到最近我才发现,惠尔赖特曾经写过一篇评论瑞丁诗集《一句玩笑话》(*A Joking Word*)和《劳拉与弗朗切丝卡》(*Laura and Francisca*)的文章,基本上是负面的,发表在芝加哥出的《诗歌》(*Poetry*)杂志上。我知道瑞丁很勤勉地——追踪哪怕是最短命、最好意的评论她的文章，给编辑们写长信指责那些作者，因此我感觉惠尔赖特的文章显然影响了她，使她在四十多年之后评价他时称之为"可怜的东西"。不过，我引用这篇评论的原因是，奇怪得很，惠尔赖特对瑞丁诗歌的评价听起来很像评论他自己，因此在此先讨论他的诗歌似乎也就恰当其时了。我们常常会注意到，诗人写到别的诗人时，总倾向于写自己，甚至会认为在别人身上的某些缺点，在自己身上就是优点。

谈到"自动写作"时（我们应该注意到，瑞丁的诗歌从意图到效果都与我们所理解的自动写作相去甚远），惠尔赖特说它：

是作者与读者的一种治疗式练习，因为它揭开了头脑中换一种方式就无法揭开的层面。但是，这样的发现其最终美学价值，完全取决于所要表达的思想具有什么内在合法性。绝大多数有思想的诗歌都是隐晦难解的，理解这种诗歌总会伴随着一种愉悦和令人欣喜的感觉，好比一个谜语被直觉化地解开。结果便是，这种诗与直接针对智性理解的诗歌相比，总是更加令人喜悦（或者，起码具有不同性质的喜悦）。认出躲在面具后面的朋友总是很有趣的。面具本身当然也有趣，尽管人格面具一旦被认出，就化作敌人或讨厌鬼，或者就不能称为有人格之人了。[1]

这是一位像瑞丁一样现代的诗人对她做出的最不公正的刻画了。不过，对许多惠尔赖特的批评者来说，这看起来更像是对他自己的一个公正评价。自从他首次出现在1923年的诗选《八位哈佛诗人续编》(*Eight More Harvard Poets*) 封面上之后，他就被贴上了隐晦的标签，贴得可谓准确，而《八位哈佛诗人续编》还引发了一本戏仿诗选《八位哈佛诗人终编》(*Eight Most Harvard Poets*)。一位早期评论者这样写他："他让人的脑子处于崩溃的边缘。"（惠尔赖特后来把这句话和其他一些赞美或诋毁的话都打包引用，印成一个小册子，宣传自己的作品。）[2]然而几乎他的全部诗篇都具有一种意识形态的私货，他真诚地希望能够被人理解：最初他的寓意是神学的，到了后期，是马克思主义革命色彩的。阿伦·瓦尔德（Alan Wald）在《革命式想象》(*The Revolutionary Imagination*) 中写道："当杰克的朋友们抱怨他的诗歌隐晦难解时，他同意它们可能难解，但又坚持说它们并不隐晦。他在1938年《党派评论》(*Partisan Review*) 的一篇论文中指出，一首纯正的革命式诗歌可能会体认'神秘并与之博弈，这与刻意的神秘化绝不是同一回事，尽管对于那些内在素养一塌糊涂的人来说，这实在难以区分'。"[3]话说回来，惠尔赖特的诗也有很多真的难懂，甚至连最有同情心的读者最终都会感觉到，如果这首诗真的难懂，就请绕开隐晦吧。

那么到底为何还要费心来谈惠尔赖特呢？这是一个好问题，我也希望在我结束之前先给出答案。我猜想，有一种答案可以与W.S.吉尔伯特（W.S.Gilbert）这话的意义接近："如果这位年轻人表达自己的方式对我而言太深奥／哇，这位深奥的年轻人肯定是一位深奥得非常独特的人！"[4]说这话时，只有在惠尔赖特身上，才可能是不带嘲讽的。很多时候我并不能最终抓住确切的地方，但即便在这样的地方，我仍然折服于他超凡的语言力量，看它一闪而过，从一处奔向另一处。有时候，那就像高等数学，我能感觉到他解题的"精确"，却跟不上他解题的步骤。一言以蔽之，他是这样的一位诗人，人们读他需要有很大的信心，但人们仍会出于自愿这样做。他的笃信很能感染人。

惠尔赖特1897年9月9日生于新英格兰马萨诸塞州米尔顿的一个名门之家。他的父亲埃德蒙·马契·惠尔赖特是一位著名建筑师，曾有数年担任波士顿市政部门的官方建筑师。他设计的建筑包括新英格兰音乐厅、园艺厅以及朗费罗桥。他最后完成的作品是建于1909年哈佛校园里独特怪异的讽刺大厦,他在哈佛读本科时曾经参与创办《讽刺》(*Lampoon*)杂志。他是剑桥大学著名的约翰·惠尔赖特的第九代嫡孙,与约翰·德莱顿近亲,在1636年从英国移居马萨诸塞。在反律法主义之争中,惠尔赖特的这位先人支持他嫂子安妮·哈钦森(Anne Hutchinson),以蛊惑和煽动而获罪。被逐出波士顿之后,他在新罕布什尔州开埠建立埃克赛特镇,之后又在缅因州建立边区小镇韦尔斯。诗人约翰·惠尔赖特作为他的后裔而与这位祖先感觉很近,他在诗篇《面包-字的施与人》("*Bread-Word Giver*")中,把他这位祖先称为"约翰,多个城镇的奠基者——却一个也不居住;/惠尔赖特,分裂分子——从分裂派中分裂;/大人物的朋友,令伟大者大大地恐惧;/圣人,无论其名还是其事业我都继承;/反叛新英格兰对专制统治的反叛"[5]。

约翰·惠尔赖特的母亲伊丽莎白·布鲁克斯(Elizabeth Brooks)是彼得·查尔顿·布鲁克斯的曾孙女,彼得当年曾是新英格兰最富有的商人。这个家庭的姻亲双方都与新英格兰许多名门望族联系在一起。我们的诗人被称为杰克,是三个孩子之一,其中有一个姐姐露易丝(Louise),她后来嫁给了杰克的朋友S.福斯特·戴蒙(S.Foster Damon),此人是一位布莱克专家和诗人;他还有一个长兄马奇(March)。诗人在大庄园麦德福(Medford)里度过了童年的大部分时光,这庄园属于他的曾祖父，不过在杰克生前，这庄园因为波士顿的发展所需，被卖给了开发商。杰克以他很典型的措辞谈到这座庄园，毫不掩饰自己因贵族传统和激进的政治意识而自豪，"马萨诸塞州最华丽的花园……甚至可说它的建造得益于对大海的占有，同样它的毁坏又因为对大地的掠夺。事实上，它的命运理所当然、恰如其分，这并不会给热爱它的人带来什么安慰，他们在它消失之后，觉得自己就好像在种族放血中，从身体到文化传承，都被剥夺了权利"[6]。

杰克童年时期，他们家有一部分时间居住在欧洲，但之后他在罗德岛的新港镇（Newport）入圣乔治学校上学。1912年，他还是那儿的一名学生，发生了一个悲剧，这才是一系列悲剧的第一个，他们家开始慢慢衰败，走向贵族的贫困；他父亲自杀了。1920年，杰克遭遇了人生的另一挫折：他因为一系列反独裁的玩笑，在大学学业的最后一年被哈佛大学开除。

惠尔赖特早在圣乔治学校上学时就开始写诗，进了哈佛也还在写，由于他一直有不停修改旧作的习惯，所以这些少作有不少后来融入其他作品并得以出版。在《八位哈佛诗人续编》面世后，他在佛罗伦萨住了两年，他们家在那里租了一个别墅。1924年，他在那儿以小册子的形式出版了他的长诗《北大西洋走廊》（*North Atlantic Passage*）。在欧洲期间,他还与马考姆·考利(Malcolm Cowley)和马修·约瑟夫森(Matthew Josephson)一道编辑由戈哈姆·门松(Gorham Menson)在维也纳创刊的《脱离》(*Secession*)杂志。门松最终与他们所有人都吵翻了,尤其斥责惠尔赖特,说他在发表哈特·克兰的《浮士德与海伦的联姻》(*For the Marriage of Faustus and Helen*)一诗时横加删改。杰克最终为这事向克兰道歉,克兰也大度地原谅了他。这一事件在题为《鱼食,哈特·克兰的讣告》(*Fish Food, An obituary to Hart Crane*)的诗中有所暗示。这首诗夹在惠尔赖特第一本诗集《岩石与贝壳》(*Rock and Shell*)里的短篇抒情诗中间,1933年由波士顿一家小出版社布鲁斯·汉姆福莱斯出版。该诗与《北大西洋走廊》一道发起一次宗教漫游之旅,起于对唯一神教的背弃,经过英国国教高教派,到最后的社会主义。他起初认为,唯一神教是"宗教的一种堕落形态……把婆罗门从被诅咒的恐惧中解救出来,因而婆罗门们就以为他们已经得救"[7]。《四十天》(*Forty Days*)处理的主题是"基督从坟墓中复活与从地下爬起来之间这段季节"。其中一个来源是在萨宾·巴林-古尔德牧师(Reverend Sabine Baring-Gould)在其《失落与敌意的福音书》(*Lost and Hostile Gospels*)一文中所呈现的《新约伪经》(*New Testament Apocrypha*),惠尔赖特在给诗的注释中做出的陈述与其家族的异端倾向一致："耶稣许多非正典的说法与福音的说法是一致的，而它们之所以得以保存下来，是因为父亲们对长期被迫承担的虚伪建构的反驳；在本作者听来，这种非正典的智慧恢复了基督教有系统的道德品质，现在这些道德品质被静寂派留给了怀疑论者了。"[8]另一首重要诗作《暮光》(Twilight) 主要依据伪经中的《多默大事录》(Acts of Thomas)，这位令人存疑的使徒是惠尔赖特最喜爱的圣人。另外还有一些值得一提的诗，如《就一个傻蛋之死致那些聪明人》(To Wise Men on the Death of a Fool)，一首致迷失一代的波西米亚人哈利·克罗斯比 (Harry Crosby) 的挽歌以及《过来，帮帮我们》(Come Over and Help Us)。惠尔赖特说最后这首诗"部分体现了作者对萨科-梵泽第案（译按：萨科-梵泽第案 Sacco-Vanzetti Case 是指1920年代美国的一桩冤案，两位意大利移民在显然无犯罪证据的情况下被当作1920年的一宗抢劫杀人案主犯而最终在1927年被处决)的回应，写于审判的后期"[9]。

在整个1920年代，惠尔赖特仅靠每年一千五百块的生活费维持一个花花公子般的衣食住行，他的住处还包括马尔堡街 (Marlborough Street) 的一栋公寓洋房。到了1930年代，他们家时运不济，部分原因是他哥哥的生意滑坡，他的进款断了，因此就搬回灯塔街 (Beacon Street) 他母亲的房子里住。1932年,他加入了社会主义党;随着1936年该党分裂,他与托洛茨基分子们走到一起,积极参与社会工人党活动,投身于政治活动,一面走上街头向工人发表演讲(有时候穿着他标志性的浣熊外套),一面参与筹建哈佛的约翰·里德社并且续办反叛艺术社。他开设了一门旨在创立无产阶级诗歌的函授课程,叫做"反叛诗歌的形式与内容",也创办了一本叫做《一毛钱诗歌》(*Poems for a Dime*)的不定期小杂志,另一本较厚实的则题为《两小块诗歌》(*Poems for Two Bits*)。经过了这些,他几乎到生命结束,都还在坚持自己的马克思主义基督教标签,也因为这一点他常常与更为正统的左派同仁争执不休。正如阿尔文·罗森菲尔德(Alvin Rosenfeld)所说,"他的政见之争,往往是在思辨神学层面展开,这些争执使得他与社会主义主流走不到一起,而他似乎最终独立独行,成为一个孤家寡人党"[10]。

《岩石与贝壳》出版后,1938年,《维纳斯的镜子:商籁体诗小说》(*Mirrors of Venus:A Novel in Sonnets*)仍然由布鲁斯·汉姆福莱斯出版,一版印刷五百册。该诗标题取自爱德华·伯恩-琼斯爵士的一幅油画,惠尔赖特在书中写道,"维纳斯的镜子反映了为人所爱的人原本的样子"[11]。这是一个令人目眩的系列商籁体诗篇,有的写得很正统,有的则很异样,有些是新近的,有些则属于少年习作。该书主题是友情的消失以及对此进行的哲理反思。与此形成对照的是，惠尔赖特生前最后一本诗集——出版于1940年的《政治自画像》（*Political Self-Portrait*）却不再写个人，而转到政治主题，起码从惠尔赖特以其非正统诗性对政治加以同化这一层来说，是如此的。这本诗集出版不久，1940年9月15日，惠尔赖特被一个醉驾的司机压过，死时他的四十三岁生日刚过不到一个星期，正处于创作高峰时期。随着新诗集的出版，他似乎终于坐稳了交椅，被认可为当时的美国领头诗人之一。

随后的1941年，新方向出版社（New Directions，美国最著名的诗歌出版社之一）出版了他一本薄薄的《诗选》（*Selected Poems*）；由 R.P. 布雷克默（R.P.Blackmur）作序介绍，收入了一些未发表作品以及之前诗集中的诗。外封文宣说："一部收入惠尔赖特全部诗歌的完整版正在筹备中，但一两年内还不会完成。"[12]这话说得显然太轻巧了，因为新方向出版社一直到1972年才推出《诗歌全编》（*Collected Poems*），这时惠尔赖特的姐夫兼文学经纪人 S. 福斯特·戴蒙（S.Foster Damon）也已于不久前去世了。到了这时候，除了偶尔几篇评论他的文章，惠尔赖特已经近乎被人忘了，而这些文章主要是阿尔文·罗森菲尔德和阿伦·瓦尔德写的。惠尔赖特的《诗歌全编》就是由罗森菲尔德编辑的，据说他曾一度着手撰写惠尔赖特的传记。瓦尔德在1983年出版了一本专著《革命式想象》,主要从政治角度讨论惠尔赖特的诗歌,同时也从这一观点探讨他大学时代的朋友兼同志、马克思主义者谢里·曼甘(Sherry Mangan)。瓦尔德的著作是迄今为止对惠尔赖特最详实的批评研究,这可能是近来的文学研究界出现了一股马克思主义复兴潮流的结果。无论如何,我们还是要感恩的,因为瓦尔德不仅关注惠尔赖特的意识形态,还关注他的韵律,他在解读具体诗篇中某些更令人纠结的"论点"时提供了很多极具价值的看法,它们对诗歌的解读至关重要,而所谓"论点"正是惠尔赖特自己用过的说法。不过,对这位"遭谴诗人"的详尽批评和传记研究还很欠缺。

惠尔赖特写出的每个作品、他自己的言行以及那些了解他的人,都可以让我们看出他作品的中心、他存在的核心,是一个矛盾、一个裂口,对应着立体主义的冲动。这一点我在谈到鲁塞尔时已经提到过,说的是想要看到事物所有侧面的这种既无法满足又无法抵御的冲动。这冲动在现代派文艺中处处可见——不仅在立体主义作品本身,也存在于系列音乐的扁平处理中,还可见于詹姆斯·乔伊斯《尤利西斯》(Ulysses)将奇幻的往日与庸常的当前的彼此联结中;既存在于普鲁斯特的叙述人那纵览一切的眼中,也存在于威廉·德·库宁(Willem de Kooning)的规则抹除行为中——观看德·库宁呈现的图像，观看者必须采取一些困难甚至是不可能的转换才行。惠尔赖特有一种内在的删略转换过程的倾向，这使得他的作品既令人觉得刺激又令人感到困惑，事实上他作品的这两个侧面，人们一读之下就会融合在一起。对他而言，关键不在于是否有能力看到任何一件事的两面，而是无法不看到。确实，这一情形大多是一种有意识的策略，正如他在一篇谈论诗歌技巧的短文中所说的那样（该文由阿尔文·罗森菲尔德首发于1972年）：

> 与意识形式化的（原文如此）音乐紧密关联的是解除关联观念的联系以及将被解除联系的观念关联起来。这一思辨过程必须不断进行，以回应这个不断变化的社会，为了不同年龄、不同代际，从童年到老年、不同情绪下的各式人等。这会令人精神健硕善动，对变化既能保持警觉又能应变自如。诗歌令人警醒；如果诗歌令人做梦，它也警示人们那是半梦半睡。它的神奇不是催眠而是癫狂……它的智慧不是哲学的爱智而是心灵的知识。[13]

然而，即使在写不事修饰的评论文章时，惠尔赖特也无法抗拒冲动，难免从一个观点毫无过渡地跳到另一个截然相反的观点。在写罗伯特·弗罗斯特（Robert Frost）的《另有牧场》（*A Further Range*）的书评时，他对这位老诗人有一些苛刻的看法："弗罗斯特的好作品超越他读者的理解力上限，他的其他著作则达不到下限。正如埃德温·阿灵顿·罗宾逊（Edwin Arlington Robinson）最受西奥多·罗斯福（Theodore Roosevelt）的喜爱，最差的弗罗斯特则是赫伯特·胡佛夫妇最喜爱的诗意勃发的加尔文·柯立芝（Calvin Coolidge）。他以保守主义与激进主义对抗，犹如以烤半熟的面包替代烘半熟的面包。"但在最后一段，惠尔赖特突然改辕易辙："他坚持自己的立场，是因为在所有对手中他都是最独特的，因为他才情漫溢，再精明的对手与他相比都黯淡无光，他的韵律更精到、哲理更坚定，没有一位评论家会选出哪怕一位诗人与罗伯特·弗罗斯特相比。"[14]在另一篇书评中，评的是穆丽尔·鲁凯泽（Muriel Rukeyser），他在同一个段落中用两条水火不容的格言为大众提出他的诗歌配方："诗歌的一种政治用途是挑选出被选人的身体"以及"以势利的风格进行革命性写作不会到达合适的受众"[15]。

　　无论是他个人还是他的写作，惠尔赖特都是一组活生生的矛盾。马修·约瑟夫森（Matthew Josephson）形容他是"一个瘦削、长腿的金发青年，淡蓝色的眼睛、长长的鼻子。哪怕我们都穿着舒适的旧衣服去乡下散步，他也总是穿着紧身的、褶痕笔直的西装，头戴礼帽，手拿马六甲手杖。还有，他周游欧洲时，会带着十四双鞋，浑身上下每一寸都显得花花公子似的与众不同，一副既反叛社会又虔诚信教的英格兰人派头"[16]。惠尔赖特性格中还有一个悖论，那就是他的性取向模棱两可，这一点已被提及，但讨论不多，也许是因为资料匮乏。阿伦·瓦尔德提到"一本杰克在意大利居住期间的未出版日志"（1922—1924年间，目前在布朗大学收藏的他的文稿中），这日志"不仅显示他对墨索里尼法西斯政治运动展现了惊人的开放态度"，而且还"记述"在妓院的冒险，并暗示进行了同性试验"[17]。诚然，所述日志显然是为了给自己一个人看的，但杰克对自己也如此暗示，倒是件蛮奇怪的事。起码有一次他逛一家佛罗伦萨妓院时，他纯粹是去偷窥。他津津有味地描述了那些为他上演的各种性行为，但他说每每有人邀请他加入，他都礼貌拒绝。他后来写到，虽然这次经历花了他二十美元，但物有所值，两万美元也不为过，最后他自我劝诫地说："事事皆当一试。"然而，无论怎么说，这一次他什么都没试，他只是从旁观察而已。

这一事件之所以值得注意，是因为惠特赖特暗示《维纳斯的镜子》（*Mirrors of Venus*）的友情主题含有同性恋情谊，当然友情绝非唯一主题，友情也有许多侧面，通常是柏拉图式的。有一首十四行体诗歌,题目干脆就叫"菲勒斯"(男根),开头就是"朋友之间不必互相提防,不要像满心嫉妒的 / 穆斯林必须把他的后宫隔开,/ 同样不该的是一个人坐在尖塔上冥想,/ 竟还需要看见男根的象征"。说得没错,但为什么要费心提出来呢? 然而,最后的对句似乎暗示着压抑:"习惯是邪恶的——所有的习惯,甚至是言说;/而诺言预设了自己的语气"[18]。这个系列的另一首十四行体诗歌《大二学生》(Sophomore)中,他这么结束:"他更喜欢 / 与入秋的女人交谈,尤为成熟,/ 或者撩些男孩,他深思熟虑的用词 / 他就不会总被视为一个疯狂之徒。"[19]笔记本里这首诗的早期版本中,惠尔赖特是用第一人称而不是第三人称说话。

然而,尽管他在《暮光》一诗中处理伪经中圣多默的冒险这一主题,并且在这首诗中谴责已婚夫妇的禁欲是一种罪恶,但人们很容易想象到杰克对性行为退避三舍,无论是与男孩还是与成熟女人。约瑟夫森描述过和杰克的一次谈话,杰克说到几年前在寄宿学校发生过的一件事时哭了,那应该是一次同性性行为。这种罪恶感很难不抑制他成年后的行为吧? 然而,某些证据似乎表明,他对女性也同样感到压抑。《岩石与贝壳》中有两首诗《慢落幕》(Slow Curtain) 和《快落幕》(Quick Curtain) 都献给玛丽·奥普代克·佩尔兹

(Mary Opdycke Pelz)，描述一出戏落幕时未能实现的亲
吻。第一首的结尾是"这部作品到了尽头。恋人们面对彼
此。一块肌肉都不动。/掌声也没有"[20]；第二首的结句是
"在爱情面前，我们在所有事情上都变得明智"[21]。画家费
尔菲尔德·波特（Fairfield Porter）与惠尔赖特是信奉托洛茨
基主义时期的朋友，他告诉我，杰克频繁地迷恋上一个又一
个女人，却似乎从未得手过。她们很少发现他有吸引力，而
他的照片却显示出他是个引人注目甚至看起来就浪漫的人
物。还有一件轶事发生在纽约的一个订婚派对上，他与他的
订婚对象跳了一晚上的舞，几天后，朋友们发现这位女士已
解除婚约。

这些情况似乎值得一提，因为它们能解开他作品背后的
那一团矛盾：一再延伸到相反的两极，他恰好在两极合一处
停下，不知是因为胆怯还是出于太精明——在爱情面前，他
在所有事情上都变得明智。在他作品中，失败的结果是积极
的，所以我倾向于认为后者才是原因。这不是艾略特所谓的
介于概念与行为之间的"阴影"问题，而是一个富饶的短
路，是许多紧张关系向反方向抽拉的结果，也就是他的诗歌
所呼吸的空气。由此产生的层层含混不会混乱无序，反而导
致一种浓密的透明。现在我们看一首惠尔赖特最优美也看似
直截明晰的抒情诗，以此例展示这种清晰度有多浓密。该诗

题为《为何你必须知道?》(*Why Must You Know?*),采用两个人对话的形式,不过他附上一个脚注,却不免令问题复杂化了,他告诉我们说,这两个对话人可能是同一个人的不同声音或者不同人格:

> ——"那是什么声音,我们听到它
>
> 落在雪地上?"
>
> ——"那是一只冰冻的鸟。
>
> 为何你必须知道?
>
> 沉闷的大地都会知道那美好,
>
> 当空气以利爪与翅膀
>
> 扯开那散落在我们血液中
>
> 燃烧成火的种种疑问。"
>
> ——"让空气的硬喙与利爪
>
> 将我们的行为带向远方,
>
> 那里不会有暖洋洋的春日
>
> 为了种子而融化着寒霜。"
>
> ——"任何人都可以听到
>
> 循环的血液所能辨识的
>
> 每一个声音,只要他躺倒,
>
> 伏在地面,听白昼的单音。"

> ——"我的肉体、骨头和肌腱，
>
> 现在能够辨识
>
> 大地内隐藏的水，
>
> 那会燃烧的重重之水。"
>
> ——"当一个人再次转向大地，
>
> 便会在那重量里发现慰藉；
>
> 听到血液在雨滴的间歇
>
> 所保持的深深的沉默。"[22]

　　甚至在一开始的对句中，就已出现令人觉得有点不对劲的地方："那是什么声音，我们听到它 / 落在雪地上？"那不是落在雪地上的声音，而是冰冻的鸟导致的声音，这在下一行说得很明白。不过，这个开场的花招在惠尔赖特这里很典型，他喜欢玩弄读者，即使是他最直截了当的宣示也会令人觉得拿捏不稳。第二个说话人答完问题便反问："为何你必须知道？"但是，这问题并不像一眼之下看到的那样，企图把大自然的恐怖的知识隔在门外，让人不面对大自然中的利牙锐爪："沉闷的大地都会知道那美好，/ 当空气以利爪与翅膀/扯开那散落在我们血液中/燃烧成火的种种疑问。"硬喙和利爪比死亡更能带来积极的东西，因为处处散落的疑问会在我们血液中燃烧成火，按理也就使我们温暖而有活力。然而,第一个说话人将要放弃这一好处,而宁愿空气的硬喙和利爪把他带到一个冰冻得毫无生机的远方,那里春天不会化开令种子休眠的霜冻。与此同时,第一个说话人继续说着,要么是为了改变话题,要么是为了解释得故弄玄虚。他说,循环的血液能辨别的每一个声音,人们可以通过倾听白昼发出的单音节而听到,而大地的声音只需躺在地上贴着地面就可以听到。这宣称激发了第一个说话人,他现在希望辨识地下"能燃烧的隐藏之水",显然是一种长生玉液,既能解渴又提供滋补生命的温暖。而第二位说话人似乎也间接地同意,一个再次转向大地的人,就像安泰乌斯那样,会在大地的重量中找到慰藉——这显然是一种解脱,从带爪子、有硬喙、有翅膀的空气中解脱出来,这失重的空气既能够行善也会作恶,而转向大地则还可以体验谛听地下的血液的妙处,谛听那永远保持在雨滴之间的沉默。雨滴来自空气,(不像冰冻的鸟)未曾受到过伤害,它们降下就能解冻种子,而另一位说话人原本却想让种子保持冰冻状态。因此,这首诗似乎非常迂回,从沉思死亡回归到拥抱生命的可能性,这是一种勇敢的犹豫,其节奏让人想起我们所知的惠尔赖特的情感生活。

我说这首诗比较易解是什么意思呢?我举一个例子来说明,这是另一首脉络相同的抒情短诗,虽然潜在意义更为丰富，却毋庸置疑地更难接受。

> 任何朋友对任何朋友
> $(A - B)^2 = (B - A)^2$
> 在思想森林的外围
> > B 看到了 A 低下头
> 哀悼某个 B 寻求的死……
> > 却发现自己已经死了。

> A 挖了一个墓，安葬尸首和人。
> > 然后转头大笑。
> 但是当 B 爬起来挖土，A 却
> > 拿着一根棍子跑向 B，

> 当这棍子长出叶子，为了 A，B 将它
> > 砍断（它流了血，而不是树汁），
> 并没有打斗。他们两个都很悲伤，
> > 倒下，横躺在死者的大腿上。[23]

　　我就不逐字解释了，只是提出我的看法。这等式的二次方似乎暗示友情的丧失，而由于这个朋友在另一个人心中的

重要性被夸大了,所以这种丧失感也就倍增了;A和B这两个角色与第三个无名死者一同出现,可能令人想到该隐(Cain)与亚伯(Abel)的传说,这是贯穿在惠尔赖特写作中的一个主题,疑心重重的托马斯是他的人格面具之一,而另一个人格面具则是赛斯(Seth),亚当(Adam)和夏娃(Eve)的第三个儿子。

与这些早期诗歌相比,《维纳斯的镜子》中的十四行诗篇通常不那么难,张力也没那么强,但语调变化可能同样令人受挫。该系列的第一篇是一首挽歌,写他的一位朋友,名叫内德·库奇(Ned Couch),在一战开始时死于莱文沃斯堡(Fort Leavenworth)的一次事故。这首诗以一种令人毫无警觉的民谣语调开始,很像是一篇来自《周末邮报》(*Saturday Evening Post*)的文章:

> 也许你们很多人都失去过朋友——
> 一个说起话来有一种你从不记得的
> 方式,但是你却又无法忘记——
> 你想起那些话,就满眼泪水,想再听,
> 但你明白那样的话你再也听不到了——

这首诗到这儿还正常，但前面这八行诗却这样结束："一个朋友，在他的感觉之蛹 / 被剥离他的身心之前 / 不得死去。他凭第六感得知, /那虫蛹生于超越感官的飞蛾。"下面是后八行，因此这首十四行体诗有十六行（这系列中的其他诗篇有的七行、有的十三行或十五行）。

> 莱文沃斯那个地方，有东西令你厌烦；
>
> 你挂着枪带有点犹豫；回到朋友中间；
>
> 然后穿过；——"是吗啡过量吗？"
>
> 这太荒谬。一名厌恶战争的士兵
>
> 只有医生才能杀死，这位士兵
>
> 已给自己接种以对抗死亡。
>
> 　　　　内德。内德。
>
> 为什么，20年后，我竟觉得你是死于自杀? [24]

于是，这个十四行系列的主题之一呈现出来了，就是内德悲剧性的早殇，也许是自杀，但问题并没有就此结束，因为惠尔赖特的建筑师父亲也叫内德，也是死于自尽。这段记忆激发了惠尔赖特最辛酸也最直言不讳的述说；他对他父亲建造的"塔桥"做出冥思，诡异地预示了罗伯特·洛威尔（Robert Lowell）的出现。那座桥横跨波士顿到剑桥市的地下道,遭受着硫磺的污染,而州政府大厦的权威在霓虹灯标志下相形见绌。其中的六行诗节充满热情,几乎是满怀希望地召唤他父亲,当作"第一个朋友",令"你的头脑成为我的家",这个指涉既引向他父亲的头脑也引申到他头脑创造出来的建筑物。

父　亲

一股东风将林恩市含硫的水洒向波士顿。
我父亲建造的炮塔桥下,——从那转动的
高出州府大厦镀金拱顶的雪佛兰标牌,
到卡特牌墨水如火燃烧的标志,——人群
往来憧憧,如跳棋盘的暗影。倒映的炮塔
在水上滑动,大浪犹如抹了油的轴承,成群的
海鸥从四面八方斜插而来,像葫芦一样晃动。

说话啊。再对我说话,就像新鲜的鞍皮
(说话啊;再说说话)在猎人闻来有石楠味道。
回家吧。我发个电报警告,不写任何字。
回家再和我谈谈,我的第一个朋友。父亲,
回家吧,亡者,你已令你的头脑成为我的家。[25]

阿伦·瓦尔德指出，这个系列还有第三个内德参与其中，亦即"内德"·伯恩-琼斯（Burne-Jones），此系列的标题《维纳斯的镜子》便来自他的画题[26]。作品中心人物的名字使问题进一步复杂，他不叫内德，而叫理查森·金·伍德（Richardson King Wood），这种离间效果成为惠尔赖特的原材料，进行一番关于人际关系脆弱性的离题说教。

刚才讨论了惠尔赖特的一些较短、较抒情的诗歌，但他诗歌的灵气却在于一系列较长的诗作，它们在形式上具有激进的实验性质，蕴含着未来诗歌的各种可能，堪与庞德或艾略特的任何作品相比。然而，仅从刚才引用的短诗就可以看出，哪怕只是简单描述一下这些作品，其密度与复杂性也远远超出本书这样的惠尔赖特导论的范围。不过，指出它们的一些特点仍是有所裨益的，因此我将尝试从早期和晚期各选一例加以说明。

《北大西洋走廊》显然是惠尔赖特1922年渡海去欧洲时写的，这首诗交替运用散文与简短的诗节，散文表现海洋表面的起伏，诗的部分连在一起，有的还押韵。瓦尔德认为其先例可能是艾米·洛威尔（Amy Lowell）的《坎格兰德城堡》（*Can Grande's Castle*）[27]，也有可能是约翰·古尔德·弗莱彻（John Gould Fletcher）所写的色彩交响诗篇，但惠尔赖特所使用的媒介比现代派中的这两个尝试都更激进和独到。

和之前一样,惠尔赖特的所谓"论点"对解读这首诗没有什么帮助,不过我在此引用一段,只为它字面本身的价值:

> 人,将世界视为运动中的形式,看到被过去的镜子所折射出来的大写的个人与众人之谜。在渴望未来的安全时,人类力图从幻想和想象中,即便寻求不到这个谜团的答案,也要了解这一谜团的本质。但他研究过去的全部所得,便是事实与真理并非水乳交融。他既不了解这种对立的原因,也不知道这种对立的程度,因为镜子被那谜团遮蔽了。

> 人于是沉溺于眼花缭乱的现场秀,但悖论似乎是他已成为他所见的一部分。他消融在外部世界中,变成了自己也不懂的一个谜。然后,他转向权威,希冀能给予他保证。

> 但事实,无论被视为已然还是将然,都再次证明了这一基础不足以支撑权威型的上层建筑。理性被无情的变化之流所侵蚀,惧怕自己被融化消失,为了找到权威而离开外部的感官事实,走向内在的思维真相。

> 人,因为与外界隔绝,而与神秘的事物隔绝。虽然

理性和五种感觉消失了，但反悖论仍然存在：只有依靠自己的内部权威，才能接受外部权威。心灵几乎变成了一个大写的个人，但是众人冲破它的屏障，秩序就此结束。人类反抗无序，而理智和记忆帮助不大。虽然感官已磨损，但是人聚集起力量，背对过去，寻找所需要的立竿见影的眼前保证。[28]

写到这里，惠尔赖特把我们直接扔到海里。他这里对海洋的混乱无序的描绘甚是优美，还在再下一节提到白色浪峰，说它们"从不攀登，永远爬升，／一直打滑，永不下沉"[29]。但我们很快就发现，描绘一幅大海的意象画并不是他想要的：在"泡沫落到水花上"这几个字之后，他把黑色大理石路面描述为"像子弹一样聚集／聚集为子弹的胚胎，聚集在一个冰冷的弹模周围"[30]——随着"眼花缭乱的现场秀"被介绍进来，他的描绘便已开始与描绘的对象拉开距离，进入一个越来越混乱的综合阶段：

刀片似的风刮去我胡须上的肥皂沫。在灰白与黑色的大理石地面的另一边，有锁了边和抽了褶的褶边与褶带；浆过的衬裙、舞会礼服的外裙和内裙，还有围巾、斗篷、饰带、披肩、围脖巾与剧院披风；现在都混在一起——猛击、突袭、摔跤——坠落着、刷动着,凌乱、遢遢得别具一格;横扫的旋转的扇舞者与剑舞者;本杰明·富兰克林炫目的女儿在凯瑟琳大帝孱弱的儿子登顶之前就已摆出种种歇斯底里的姿态。光与形的舞蹈和影与色的舞蹈彼此穿插。在一排秃头中,红胡子巴巴罗萨睡在祭司王约翰的大腿上——而萌芽的花朵突然绽开,以黄灿灿的优雅展开花瓣,而莲花静美地将头垂向水面。[31]

在他写到"基督徒们,为了取悦上帝的母亲,/称她为海洋之星"之后,他将我们推入基督教与异教象征的旋涡,这两种象征彼此争斗并最终都失去了意义。在这首诗的脚注中,惠尔赖特承认他的拼贴之作有许多来源,包括"在詹姆斯敦(可假定是约翰斯顿)洪灾中发出的无名惊呼";惊呼出来的是:"要活命,快上山!大坝决堤啦!"当"众人冲破它的屏障"而秩序再也无法保持时,崩溃便急速而至。但到最后,之前的承诺又得以兑现:"人聚集起力量,背对过去,寻找眼下所需的立竿见影的保证。"诗的结尾回到了它的开始:"带领我们走过透明的 / 彩虹,从彩虹走向 / 黑色的蛋白石。"[32]

在这首诗的一则笔记中,惠尔赖特描述了他的写法:

"凝视海洋几天之后，我脑海中形成了一些短语，它们被引擎与海洋的声音一再重复，我不得不把它们写下来……我采用的似乎一直都是后来以超现实主义之名为世界所知的方法。"[33]但反思之后，他得出结论：这"是坏事的一个良好例证"，"是不是超现实主义的方法使我……除了我恰恰想说的话，其他的倒全都写了出来"？

从同一本未出版的意大利笔记本上，他进一步反思形式，并产生了以下看法："选择自己的读者，要像选择敌人一样小心。在一片景观中，大多数树木、岩石或水都可以放置在别的地方。我说的是自然，而不是绘画。不时会有树、岩石或水从任何侧面冒出来，仅从这道篱笆或那扇门的位置看上去并不好看，但会看到光芒和磁力投射在周围，使远至天边的一切都因它的存在而导致云泥之别。这是唯一值得费心的艺术，这不是装饰和软化生命的艺术，而是一种既是祝祷又是判断的艺术。"

在生前最后一本了不起的诗集《政治自画像》（*Political Self-Portrait*）以及死后出版的《黄昏到黄昏》（*Dusk to Dusk*）中，惠尔赖特终于达到了这个目的："一种既是祝祷又是判断的艺术。"个人为了众人生产艺术，挑选出一组精英受众，借此向全人类发声，这一问题最终战胜了惠尔赖特作品中一直存在的矛盾，如《北大西洋走廊》这样的作品有洋溢的热情但呈现为混沌的浓汤。他的优秀作品则包括一些重要长篇,如《暮光》《白昼前的黑暗》(*The Dark before the Day*)以及在我看来他最伟大的诗篇《火车之旅》(*Train Ride*)。在这首诗中,他引用了一条马克思式的口号:"所谓敌人通常是自家的反对者",据说这是德国社会主义者卡尔·李卜克内西(Karl Liebknecht)说的,他引用时加以改变,让它呈现出多义的共振。[34]对社会行动的呼吁仍占主导地位,但被放大为对所有人类行动的呼吁,在很大程度上,这与当代作曲家弗雷德里克·雷泽夫斯基(Frederic Rzewski)采用的方式相似,他对智利工人所唱的曲子进行变奏,写了一组恢宏的变奏曲(1975年),在北美,他们所唱的那首歌以《团结起来的人民永远不会被击败》(*The People United Will Never Be Defeated*)的题目为人所知:

火车之旅
——献给贺拉斯·格雷戈里

雨后,日落余晖中,铁路风景线上
展开的扇子在大弧形的支点上
侧倾进入傍晚的绿色;
我记得午时看到一朵渐丰的蓓蕾

还很白；虽然已在暖暖的开放中枯死；
所谓敌人通常是自家的反对者。

  我不知要动怎样的手术才能恢复
往昔的阔步，那时我们慵懒悠闲，
而无辛苦劳作；怎样的医术才能再度唤起微笑，
不是浮在嘴上，而是如凝思的大海般溢于眼睛。

  当我们在平凡的睡眠中身心分散于好几个
任务，我们相聚便是一起绝望；我们曾经
为希望而聚，因共同的辛劳而一起梦想，
为了病态的、痛苦的或者胜利的狂喜；
所谓敌人通常是自家的反对者。

  车马辚辚散落在城市深处，林中鸟
聒噪不休，我们耳鼓欲裂（却从没有
"专门时间"用于哀伤或倾听海水
轻叩嶙峋岩石的罅隙时大海起伏的安眠）
星星近于鸟儿那样温顺，花园潮湿；
树木休歇；而我们却是一列巡逻队，
战战兢兢，害怕背后的黑枪；
所谓敌人通常是自家的反对者。

  我们害怕自己的眼神，独自在家
也会坐立不安，这是怎样的咄咄怪事，

可悲得梳不同的发型,推迟年龄,

然后跌撞到终点,像赛跑者窒息在终点线;

　　　　我们追逐功名的碎片进入伏击圈。

　　　然后(当星星蜂拥到巨大的槽沟,盲人

睡在他们已被拆除的拱廊外侧,那儿

总是露天,石头余温的气味或芦苇的声音

将他们唤醒,他们从昏沉中抬头,分得

一小片绿色的黎明)所谓敌人

通常是自家的反对者,但比这一点

更确切的是这样的想法,它既非来自

说出的话也非源于因悲伤而扭曲的文字,

它也不受泪水的影响:

　　　　　　　没有一样医术

或手术能治愈这世界的顽疾;它必然

(如咸湿空气中焦油灼热的气味)

永远发着高烧,一支被箭矢刺穿的香,

它的一个名字叫爱,另一个名字叫做

反叛(刺痛,鸿沟,转瞬的刹那,

爱的细雨微滴、朝贡与短暂停留)。

对于激情这万不可直视的太阳而言,

　　　一切所谓诗歌不过是月亮朦胧的晕光;

对于这轮月亮，一切所谓政治不过是
月亮折射的朦胧晕光，犹如罗马的月亮，
只是希腊之光沉入深井幽暗处的回光返照；
所谓敌人通常是自家的反对者。

    但这三者是朋友，手臂交缠而彼此无语；
犹如空气凝止了，而这一大片矮树
还顺着风倾斜，虽已过去，却等着再来。[35]

五

"无人簇拥的神谕人"：劳拉·瑞丁

回顾迄今为止我讨论过的诗人，我发现他们每一个都需要某种特别处理。就是说，读他们的作品不像读别的诗人那么简单，例如读约翰·济慈，你只须从架上拿下一本书，打开读，就能够享受阅读之乐，而读这些人中的任何一个，都需要一些预先调整和调试。对他们的生平和写作环境有所了解也对阅读有所帮助，因为这些导致了他们创作的品质出现大的波动。

例如，以克莱尔来看，极度贫困迫使他为报酬优厚的文学年鉴炮制出一些粗制滥造的作品，而且贫穷也是致使他精神错乱的因素之一，导致他在一家疯人院度过他人生最后的三十年，而他疾病的性质和可能是一位文士善意的修改造成他的诗歌品质不一，有的卓尔不凡，有的拙劣粗糙，知道这些对阅读克莱尔还是有所帮助的。以贝多斯来看，读者只能在那并不成戏的剧作中寻找镶嵌着的诗歌，在那些拒绝待在书案内但又无处可去的书斋剧里寻找诗歌。贝多斯最好的诗也不容易从中挖掘出来;除了一些歌谣和词藻华丽的独立段落,诗歌被错杂交织进戏剧结构中。至于鲁塞尔,他的生活状况只起了极其微小的作用,读者被迫再次重新调整自己所预想的有关写作的概念;它与日常现实迥异,似乎它自成一个单独的星球,有它自身的引力定律和持续时间。惠尔赖特则以笔记和争论的形式提供了他自己的批评路数,把诗歌的主张推进读者的注意范围。

虽然有可能将诗歌拉直,但把它与作者往往并无启发性的评论放在一起琢磨,就会发现不是一回事:这看起来就像从那种近于陪衬物中还是有所获得,尽管那种批评路数也不过就是陪衬物而已。我喜欢这些诗人,我不知道这对我自己的诗歌意味什么:是否是说我也企望被"特殊对待",或者说因为某种原因我喜欢不那么简单的作品,有着一眼之下看不透的东西——或者两者都是。我提到这一点是因为,如果在第一章中已经说过,我选择这些作家进行讨论,部分是因为我喜欢他们,部分是因为我感到他们对我的写作有所启发,起码对那些觉得有必要找到这一点的人来说是如此。我同意,到目前为止,后者还没确凿发生,但或许最终会发生,哪怕没人说得出来。

劳拉·瑞丁的作品比目前讨论的任何作家的作品都要求更多的注意与用心。在说清楚原因之前,我先尽快理清一下她的有关生平事实。她于1901年出生于布鲁克林一个姓瑞亨塔尔（Reichenthal）的不信教的犹太人家庭，她父亲是个裁缝，一个热心的社会主义者，希望他的女儿长大后成为美国的罗莎·卢森堡（Rosa Luxemburg），然而，她终生鄙视政治，尤其对左派。1920年，她嫁给一位名叫路易斯·戈特沙尔克（Louis Gottschalk）的英文教授，她最早的诗歌是用劳拉·瑞丁·戈特沙尔克这个名字发表的。她说她是考虑劳拉·瑞亨塔尔·戈特沙尔克那个名字太累赘了；我始终没弄清她为什么选用瑞丁这个名字。无论怎么说，她似乎确有使用假名的喜好，在不同时代她使用过玛德琳·瓦拉（Madeleine Vara）、莉莉斯·奥特卡（Lilith Outcome）、芭芭拉·瑞奇（Barbara Rich）等名字。她否认最后这个名字，但罗伯特·格雷夫斯（Robert Graves）说她在他们一起写的名为《体面丢尽》(*No Decency Left*)那本书中使用过，这本书我始终没找到（应该注意的是，她许多书是小出版社出的，大多数到今天都极难找到）。1941年，和作家斯凯勒·杰克逊（Schuyler Jackson）结婚后，她使用劳拉·（瑞丁·）杰克逊这个名字。

1925年戈特沙尔克夫妇分道扬镳。瑞丁在纽约过了一年，在那里她时常在波西米亚文学圈里走动，与哈特·克莱恩（Hart Crane）成为好友。之后，她在罗伯特·格雷夫斯

(Robert Graves) 的建议下搬到了英格兰。格雷夫斯在纳什维尔文学评论刊物《隐逸者》(*The Fugitive*) 上看到她的诗歌，很是欣赏，而格雷夫斯也是这个杂志的投稿人。瑞丁从没在纳什维尔居住过，但她跟"隐逸者"这群人关系密切，这群人包括艾伦·泰特 (Allen Tate)、约翰·克罗·兰赛姆 (John Crowe Ransom)、罗伯特·潘·沃伦 (Robert Penn Warren)、梅里尔·摩尔 (Merrill Moore) 和唐纳德·戴维森 (Donald Davidson)；从1923年8月到1925年12月这份杂志停刊，每一期上都有她的诗歌。瑞丁搬到伦敦之前没见过格雷夫斯，但她一到那儿就立即成为格雷夫斯大家庭的一部分，这样的安排似乎对每个人都合情合理，包括对格雷夫斯的妻子南茜·尼科尔森 (Nancy Nicholson)，她有时跟他们的四个孩子生活在泰晤士河的一只船屋里。〔瑞丁试图压住和她有关的大部分传记信息；我此处所讲的内容，得益于乔伊斯·皮尔·韦克斯勒 (Joyce Piell Wexler) 1979年的批评研究《劳拉·瑞丁对真理的追求》(*Laura Riding's Pursuit of Truth*)，以及她引用的第二手资料。〕[1]

瑞丁的第一本诗集《紧密的项圈》(*The Close Chaplet*) 于1926年由莱昂纳德 (Leonard) 和弗吉尼亚·伍尔夫 (Virginia Woolf) 的霍加斯出版社出版，其题目来自格雷夫斯的一行诗："思想的紧密项圈"[2]，这本书题献给瑞丁的同父异母姐姐伊莎贝尔（Isabel）和格雷夫斯的妻子南茜。1927年，格雷夫斯和瑞丁买了一台手动印刷机并创立了赛金（Seizin）出版社，此名来自一个法律术语，意思是"自有财产"（freehold possession），然后他们开始出版他们认可的书，包括他们自己的，如格雷夫斯所说，"我们是我们自己的主人，不再依赖于那些出版人，跟我们说什么我们的诗歌与他们希望向公众展示的诗歌形象不相符"[3]。一切似乎进展顺利，直到1929年初，一位名叫杰弗里·菲布斯（Geoffrey Phibbs）的爱尔兰诗人的到来让这个即便按布卢姆斯伯里文化圈的标准来看也已很复杂的家庭变得更为复杂。最终的灾难性后果是，劳拉从三楼的一扇窗户跳了下去，她倒不是要自杀，而是为打破她所说的把她和罗伯特、南茜以及菲布斯三人同时绑在同一屋檐下的谜咒。她脊椎数处断裂，在格雷夫斯的照料下忍受了几个月痛苦的康复期；与此同时，格雷夫斯的妻子离家而去，同菲布斯一起生活，菲布斯最后把名字改为泰勒（Taylor）。格雷夫斯和瑞丁把他们的家和赛金出版社搬到西班牙马洛卡岛（Mallorca）德亚的一个村庄，格茱德·斯泰因（Gertrude Stein）推荐给他们，说住那儿既便宜又舒适。他们在那里一直住到1936年，西班牙内战逼得他们只能离开。

在德亚的那些年是她一生中最多产的时期，跳楼之前的诗歌萦绕着死亡气息，而一跳之后她似乎经历了一次复活。她的两部散文小说杰作《故事的进展》（*Progress of Stories*）和《人妻们的生活》（*Lives of Wives*），就出自那时，《特洛伊式结局》（*A Trojan Ending*），一部有关特洛伊战争的诙谐小说也一样。同时出自那个时期的还有《凡人信札》（*Everybody's Letters*），一部非常好玩的人人或任何人都可以写的平凡书信集，这本书展现了瑞丁最诙谐的一面，尽管她声称自己一封都没写。她1938年出版的《诗歌合集》（*Collected Poems*）中的大部分诗歌也是在德亚写的，还有其他短篇散文小说或者批评集，以及一本名为《尾声》（*Epilogue*）的满怀抱负的不定期刊物，用乔伊斯·韦克斯勒的话说，这本刊物的用心就是"要将她发现的真理呈现给她诗歌不能达到的受众"[4]。

这样亢奋的活动骤然终止，战争迫使这几位流亡在德亚的人几乎在接到通知的同时就得离开，每人只带了一个手提箱，丢下印刷机、许多手稿和文件。在伦敦、法国、瑞士短暂停留之后，格雷夫斯、瑞丁和数名徒弟一行人于1939年春天来到美国，落脚在宾夕法尼亚的新希望镇。不久之后，发生了关系重组，并且是决定性的。一位朋友将劳拉介绍给一位名叫斯凯勒·杰克逊的魅力型作家，他曾在《时代》（*Time*）杂志上为她的《诗歌合集》写过一篇热情洋溢的评论，当时他是那本杂志的诗歌编辑，而今显然已经没有这个职位了。他俩坠入爱河，而这群人中的另一对夫妇，艾伦（Alan）和贝丽尔·霍奇（Beryl Hodge），也离了婚。格雷夫斯则去了英国，最后他与霍奇夫人结了婚。瑞丁和杰克逊1941年结婚后搬到佛罗里达中部一个叫沃巴索（Wabasso）的村庄，在那里一直住到1991年她去世。他们以种植柑橘为生；很显然，他们的目的是尽可能彻底地与当代文坛隔绝以发现"真理"。这导致了瑞丁弃绝诗歌，而对于他们之间的合作，她在后来则界定为"一项语言工作，其中能够追溯到语言的精神基础和赋予这一基础的理性原则之间的关系，其中含有在文字意义模式下探索出来的这些原则的运作；这工作的目标是展示（所有意义上的）好的措辞如何依赖于使用这些词，出于对每个词的理性本质的细心考虑，以及用以表达人性的语言所具有的一般功能。这项工作的标题本该是'理性意义：词语定义的新基础'"[5]。

《诗人：一个说谎的词》（*Poet: A Lying Word*）是瑞丁出版于1933年的一本诗文集，她此时的生活开始满足该书标题的条件，她不再写新的诗歌或小说，并拒绝允许她的早期作品再版，起码一直到1964年前都是如此，那年她允许我在我所编辑的《艺术和文学》（*Art and Literature*）评论刊物中转载了她的《最后的地理课》（*A Last Lesson in Geography*）

这个故事。1970年，斯凯勒·杰克逊去世两年之后，她授权费伯出版社（Faber and Faber）重版了一本很薄的《诗选集》（*Selected Poems*），她在诗集介绍里告诫读者，在阐释这些诗篇时，不要将它们当作一般意义上的诗。她对自己决定允许再版这些诗给出了如下理由：

> 在这本书中，我们会读到一些与前言无关的诗作，我意识到，为了配合要求让这些诗为人所见，这与我的初衷并不一致，而我的兴趣也不在于仅仅增加一些很容易找到的诗歌读物的数量。我认定从诗歌角度看我的诗是一流的，但这并不能使它们超越诗，而且我认为诗使得人们无法普遍获得某种超越我们现有语言生活方式的东西。我只希望那些诗篇自身能够彰显诗的本质而缓和这种不一致，诗的本质中包含着对真理强制的微妙的悬置，而这些诗篇在这一点上更为忠实而朴素；诗与真理都被搞得七零八落，已经无法完整感知它们到底是什么了。[6]

进而，在一篇题为《讲述》（*The Telling*）的"个人福音书"中，她就真相与诗歌之间的区别详细展开论述自己的观点，另一些人觉得太过冗长。[7]

从我讲到现在为止的内容可以明显看出，劳拉·瑞丁就是我们如今所说的"控制狂"。她的诗歌，总是被各种警告式的前言或后记圈出一个框框，给我们呈现的是某种雷区似的东西，人们阅读时总是感到警铃和闪烁的红灯如芒在背。如果一部诗歌的作者警告我们理解它的可能性很小，而且她相信诗歌本身是一个谎言，那么我们拿它怎么办？为何还要误读？当然误读似乎也对阅读有益，而她的诗显然便是如此。这可以发生于任何诗歌：没有哪首诗能指望在哪怕一个读者身上产生与诗人意图完全一致的感受；所有诗都是在诗人和读者身上怀有如此的理解才写出来的；如果它经不起哈罗德·布卢姆所称的"忽视"的测试，然后我们便任由它传递到其他东西上。幸好，瑞丁的诗通过了这一测试，尽管这可能是她最不想要的结果。

劳拉·瑞丁对她诗歌的解读方法有着一种异乎寻常的控制企图，这其中倒也有某种真正触动人心的东西；每个诗人都想对自己的作品有所安排，但她是一个极端的例子。因素之一无疑是她对评价怀有一股夸张的厌恶，而我们所有人多少都有点儿。如果诗人能使我们确信我们没能力正确解读她，那么也就不存在我们能否正确区分她的好诗和坏诗这个问题；所有诗都处在离我们很遥远的一个平面上，这种程度的差别根本不存在。瑞丁作为一名诗歌批评家，机敏得令人慑息，足以让人止步。1927年，瑞丁和格雷夫斯合编了一本《现代派诗歌纵览》（*A Survey of Modernist Poetry*），这部著作影响深远，其极其细致的文本分析为新批评奠定基础提供了帮助。他们的目的是要在新诗与"白纸读者"之间进行协调，尽管很快就看出白纸读者还是要小心谨慎。他们从 E. E. 卡明斯（E. E. Cummings）的一首诗《日落》（*Sunset*）开始，进行了一系列令人吃惊的测试，然后他们宣称它是可靠的。[8] 我无法赞同这一结论，在我看来，那首诗是二十世纪二十年代意象派自由体诗中最类型化的用烂了的例子；不过，我要补充一句，我从来就不欣赏卡明斯的诗。这无疑是一个盲点，是我的问题，但问题是每个人都免不了会有自己的盲点，导致奇怪的判断；因此，批评必须考虑到这一点，然而在瑞丁和格雷夫斯数学般精确的诗歌批评中却没给这一点留有余地。他们在认为应该摈弃或抨击一些诗歌时更是相当滑稽，他们在下一本书《拒绝入选文集的小册子》（*A Pamphlet against Anthologies*）中就是这么做的。

至于瑞丁的批评智慧如何令人慑息，以致感觉读着她的诗它就会顺着人的颈项滑下去，而他们在西班牙德亚的日常会话又是怎样的情形，我们可以给出几段他们对诗歌的活体解剖的例子加以说明，例如这首很流行的诗歌选本诗篇，W. B. 叶芝的《茵尼斯弗利湖岛》（*Lake Isle of Innisfree*）。

"我将立即起身而去，去到茵尼斯弗利（Innisfree）。"茵尼斯弗利是一个浪漫的发明，把"free"这一音节插入其中是要帮助读者得出这样的结论：茵尼斯弗利并非一家时新的私人疗养院或浪子之父的宅邸的名字，而是一个小岛避难所，某个遥远而幽僻的所在，存在于传说中的爱尔兰。"将在那儿造一只小屋，以泥土和枝条。"小屋之小暗示诗人十分慵懒，甚至不想费力去做一个宽裕点的庇身之所，也说明他对爱尔兰冬天的潮湿全无预见……最让人难忍的一笔是造小屋的建议，当诗写到最后一行时，他神奇地发现小屋已经造好了：这说明常人的疲乏梦想所具有的自我满足机制。

再解剖下去，他们来到这一行，"当我伫立于马路中间或灰色的人行道上"：

马路和人行道是否包含一种对立？如果是，它并不是很清楚。而"当我伫立"怎样与"我将起身"协调一致？或许他伫立于马路中间而坐在人行道上。为什么是"灰色的人行道"？那是为了押韵而使用了倒置，或者是作为补语指向诗人？为什么所有的"ay"都发音？意图在于创造一种忧郁的都市声音，以便与前一行丁尼森式的元音变体相对照呢，还是只是粗心大意，"way" 和 "gray" 的行内韵只是无心插柳？[9]

　　尽管现在应该很明白为什么任何人在越过瑞丁的批评之笔前都要三思而行，但我不得不说，她自己的诗歌也没能比其他人受到更少的负面批评。弗兰茨·卡夫卡（Franz Kafka）在他的日记中有一个短故事片断，关于一个名叫古斯塔·布兰凯尔特（Gustav Blenkelt）的人，卡夫卡说那人 "就像所有地方，到处有崇拜他的人，尊敬他的人，忍耐他的人，以及那些想跟他无关的人"[10]。这句话很好地概括了我对劳拉·瑞丁诗歌的感受。我发现她的诗中很多都难以理解，有些非常漂亮，有些很糟。我无法理解，但并不影响我对它美或丑的评价。我要指出的是，韦克斯勒对瑞丁的研究包括许多对她诗歌的注释，虽然煞费苦心，但我发现这些注释大多数同诗歌本身一样难以理解。这些研究是与瑞丁合作而成，因此很有可能许多解释直接出自瑞丁本人之口，或者可以这么说吧。然而，瑞丁读完韦克斯勒的手稿初稿后，便与她断绝了关系。韦克斯勒说："我觉得她很失望，发现她对自己生活的感觉与我所呈现的形象之间有很大差别。在她最后的信中，她追问阐释和说明到底有何存在的必要。她的语言本身不够好吗？它们的确够好了，什么都无法取代阅读她的作品本身。但批评从来就没企图替代它的对象。"[11]
人们对双方都怀有同理心。每个诗人都梦想用自己的语言来
取代可能的批评，诗歌本身就是一种批评，没有人比劳拉·
瑞丁的例子更加如此。然而，在某种程度上，如果没有读
者／批评家从外部去完成的话，诗歌本身是不完整的；因
此，批评家假若太认同诗人，以至于觉得自己已经将后者的
工作纳入自己的范围，那么这样的批评家就会陷入两难。

　　既然1929年是瑞丁人生与创作的分水岭，现在来看看她
界限分明的早期作品也许很有帮助。发表在《隐逸者》上的
青春之作，后来并未全部结集出版，其一以贯之的精确从一
开始就极为醒目，深深吸引过泰特（Tate）及其同仁，在当
时读来肯定具有非同寻常的清新语调。这在音乐、修辞或绘
画方面则很少见；这些诗和那些意象派诗歌一样简练，但极
少向我们呈现意象。一个令人吃惊的例外是《星期六夜晚》
（Saturday Night）这首诗，此诗直到劳拉·瑞丁1980年再次
出版1938年的《诗全集》（Collected Poems）时才被收进附
录中；她在重印版序言中说道，此诗拥有"美国场点的印
记"，并说此诗是在二十二或二十三岁时写的，并且其"背
后的场景在我童年经验的记忆画面里，过了大约十七年，仍
旧栩栩如生；那时候，每到星期六晚上我都会找时间遛出我
父母在宾州一个小镇的生意场所，去窥探街上发生的事

情"[12]。瑞丁所谓的这种对往日的窥探很是独特，与这首诗在她全部作品中的独特性有得一比。它具有一种"匙河诗选"或"小镇畸人"那样的味道，之后再没出现过；它也是对那个时代诗歌的一种致意和道别，作为例证，值得在此引用一首，说明她的作品还没有变成后来的样子之前是怎样的：

> 农夫们的妻子和镇上所有的妻子，
>
> 丈夫，还有那些年轻男人，
>
> 他们看着女人的脚，似乎是害怕
>
> 自己看其他地方会脸红，
>
> 年老的男人温和地朝着下水沟吐痰，
>
> 而所有的救世军士兵，那么悲伤，
>
> （为了把救世军女兵的嗓子吊到
>
> 那个高度，高过漠然经过的人群，
>
> 必定有高于信念的东西）
>
> 而除此之外，困顿的狗和孩子——
>
> 最后都到了天堂，他们像幽灵一般
>
> 转着圈儿茫然巡游，知道幽灵
>
> 既无声音又不可见，而每个星期六夜晚，
>
> 他们自己在店铺的阴影中模糊不清。[13]

这里有一些痕迹，能看出她的作品后来会变成什么样。这反映在她奇谲怪异的智慧里（就像在"年老的男人温和地朝着下水沟吐痰"那样），在她对救世军姑娘们尖嗓子的评论中，也反映在幽灵成群的鬼城里。但是，由于瑞丁力图要把诗歌精简到只剩下思想的白骨，描绘一种风俗场景所用的那种几近传统的叙事语调将会被摒弃，然而她的诗歌却远远不够深邃，韦克斯勒说："思想往往被认为是抽象的，但劳拉·瑞丁认为思想是生命最激烈的侧面……她使她的诗歌成为逐渐意识到思想自身的一份记录。她确信自己是在实现某种新东西之后，便避免运用常见的诗歌技巧，如类比、暗示或感觉意象等。她对自己的思想意识的反应既不含糊也不笼统，她的诗也没什么抽象的东西……即使是写爱情和欲望的诗，所表达的也是诗中说话人对她情感的心理反应。"[14]

比如，下面这一段是瑞丁论性的文字，摘自她《专家们迷惑不解》（*Experts Are Puzzled*）一书中一篇题为《性，也》（*Sex,Too*）的短篇散文："性，也有一种意义，更确切地说，是意义的窘困：它是一种尴尬的对应事务的方式。它是到达某个点的一种迂回手段，若以它为直接目标，就无法找到它，起码暂时还没找到。因为性是一种迟缓，它还不会那么快；它是一种即将发生，不是沉睡；是一种清醒的睡眠，一种准备醒来的困倦。"[15]这里的抽象语言避开了实体名词或形容词，但瑞丁却在此为我们描述了一种几乎具有了身体感觉的性行为，借助于思想的媒介呈现，转化为诗；甚至这些分句前后起伏的韵律，也有助于强化所要传达的印象的精确性，即使这种精确仍然绝非诉诸感官。极端精确是她作品的调性，像她的一贯风格，而假若我们发现她的作品艰深难解，就像我们常常会发现的那样，我们经常愿意姑且先相信她，得出与她在别处说过的话一致的结论，她诗中看似困难的东西其实就是精确。

在此不妨提及一下我跟谢默斯·希尼（Seamus Heaney）的一次谈话，希尼和我一样觉得自己不适合讲解诗歌，但就他的情况来说，可以说做得非常完美。我提到我对选在讲座中讨论的诗人相对不熟悉，我希望借助阅读，让听众对他们的作品有更多的感觉。他说："是的，但你觉得那是在骗人，因为按说你要谈的是诗歌，并且分析诗歌。不过也行，为他们读吧，他们喜欢。"既然有了他的认可，我就要献上几首劳拉·瑞丁诗作为例证：优秀的和粗劣的，我要重点讲一讲第一类。

但丑话还是要说在前面。这里有两首十四行诗，出自一组题为《纪念撒母耳的十四行诗》（*Sonnets in Memory of Samuel*）五首诗。

一

他的脸很潮湿，不像领巾被雨浸透，
而像黏着凝乳，而他干起那活来
就像抽风；这粗鲁汉子的双颚
流出泡沫，不是唾液而是油脂。
他以一肚子美味的心理炖肉喂养
他的第六感，因为轻率的布丁爱情
施于众人而并不迷恋任何一位；
他有丝绸的恶意、砖头的矮胖，
从不知那是爱欲，还是耗空了鳃腔
令黄色甲状腺充血的黄疸；
从来就不是设计为简单的人世之用，
这就是一位愚钝之人笨拙的游戏。
然而他的诗写得既不油腻也不糟糕，
不像某些人只是有较好的肝脾和胯裆。

四

他的评论者，都才二十出头的瘦瘠年纪，
宣称这位年过四十的痴肥男乃天之骄子，
而对他简单粗浅的这个时代视而不见，
他们看不透，说他痴肥，而王尔德也如此。
所以他娶了洗衣女工，也不想想卢梭。
但是因为她在她的肥皂泡中看得出
他的诗性迷狂在沸腾，而他的评论者们
甚至无法超越他们文学《利未记》（*Leviticus*）的
雷池。

天啊，他确实胖，常常哭、焦躁、易怒、
胡写乱画，无法在城里安于乡村式单调，
在结婚日放弃了弗洛伊德，他猥琐下流，
像实诚人一样守着老婆，在诗中却从不如此。
撒母耳这么字斟句酌，评论家们却从未
将他付之于文，难道这不令人甚感奇怪？ [16]

尽管这位撒母耳是这组十四行诗之前的两首诗的主题，
但我们并不知道他是何许人，这组十四行诗以及之前的两首
诗都收在瑞丁的第一本诗集《紧密的项圈》。与先知撒母耳

不同，这位撒母耳"从来就不是设计为简单的人世之用"。他有个犹太名字，而第一首十四行诗中许多令人倒胃的细节却勾勒了一个反犹的犹太人讽刺画。反犹主义是诗歌内容的一部分吗？她鄙视她父亲的种族和政治观点吗？了解这些对解读这首诗会很有用，否则的话，这首诗还是很不好理解的；至少在我看来，这组诗既没有瑞丁所不屑的诗歌传统上提供的赠品，也没有她所推崇的智力苛求性。"然而他的诗写得既不油腻也不糟糕／不像某些人只是有较好的肝脾和胯裆。"她是不是在构造一种对立，一边是油腻的诗歌，一边是糟糕得就好像有消化道更好的诗人的诗？假如是，又是为什么？

第四首十四行诗中，为什么撒母耳浅薄的评论者们宣称这位四十岁的痴肥男乃天之骄子？从哪个角度看，他们无视他时代的简单粗浅，且不说这种种简单粗浅指的是什么，若说他痴肥，怎么就看不到奥斯卡·王尔德也是如此？是否意味着王尔德也处在简单粗浅的年代？人们不会把王尔德和简单粗浅联系在一起，但是如果撒母耳与王尔德在简单粗浅和肥胖方面有得一比，为什么评论者们没看到这一点？在这样的时态情境之下，是什么促使他跟他的洗衣女工结婚，没想过卢梭，仅仅因为他的洗衣工能够在她的肥皂泡中看得出他的诗性迷狂的沸腾？那诗性迷狂在那里做什么？它是一种像肥皂泡一样乏味而狂躁的东西？若是那样，为什么他在诗中却从不猥琐下流？那些肥皂水泡如何阻止他那样做？为什么他娶她的原因是他的评论者们无法超越他们文学《利未记》的雷池？谁是利未人？王尔德还是卢梭？或许两者都有"奠定律法"的特性，但也都像《利未记》一样严苛吗？

他，撒母耳，胖、哭得较多、焦躁、易怒、胡写乱画，但是无法在城里安于乡村式单调。大多数住在城市的诗人不都这样吗？如果他结婚那天抛弃了弗洛伊德，他怎么会跟他妻子猥琐下流，而这和他在诗歌中从不猥琐下流有什么关系？为什么他字斟句酌，这意味着顾虑，没在任何评论中出现？评论不会发布顾虑。或者，假若她这一说法意指的是缜密的诗歌，既然评论家们已经将他说成是一个天之骄子，为什么这一点没在评论中出现？就算我也认为值得一试，将瑞丁自己的一些严苛要求运用到这首诗中，那是因为我觉得即便我理解了这首诗，它也是件蹩脚货，靠评注是挽救不了的，就算能挽救也是无价值的（话说回来，我们也应该指出，瑞丁没在后来的集子里收录这些十四行诗，因此她自己或许就对这些十四行诗评价不高。）

另一方面，还有一个例子，也出自她同一本早期诗集。这首诗几近奢靡，或用瑞丁过去常用来诋毁抒情诗人的一个词语：肉感。开头几行几乎令人想到一些不太出名的伊丽莎白时期的抒情诗人，一首纳什（Nash）或道兰（Dowland）的诗：

漂亮的宫殿不复存在

漂亮的宫殿不复存在，

泰姬玛哈尔陵古老得很。

侧耳谛听的房间，

望穿双眼的娱乐，

等待了许多悠长的年月，

为了来自彼世的魂灵，

他们比能来的人更多，

一旦众多幽客

被这漂亮的雕梁画栋的宫殿

唤醒，纷纷到来，

人绝不会为别人点灯。

再不必用被屠宰的石头

或者标了号的固执的大理石

来建造一座开放的客栈。

魂灵们不会来安居，

也不会在现在出现在墓穴，

几乎不会低语着经过尖塔，

而台阶踏都没踏上半步。

我们的所知更多了一份确定，

他们不会像我们去的那样到来。

我们应建造更好更素净的

房屋，更合适送别客人

而非接待那些好客的魂灵们，

他们身为游荡的主人，

转动死亡之门，

将我们吸入没有顶盖的宫殿，

那震慑人心的流动的蓝色空间，

我们在那儿只能张着口表示感恩，

屏住呼吸地说：

天堂之手并不温柔，

漂亮的宫殿太过漂亮，

最显胜利的奢华也最可怖。[17]

　　这里的观念似乎是，我们不要再修建宏伟的建筑，因为魂灵们会避开我们并非仅仅为了人居住而修建的壮观建筑。他们也避开我们以为会让他们满意的墓穴、尖塔。所以现在我们要建造得更素净，房子要更适于送走而不是接待好客的魂灵，尽管他们还是会把我们从死亡之门吸进高处，我们在那里只能喘息着表达感激，承认天堂之手并不那么温柔。那些漂亮的宫殿错就错在太漂亮了；我们被移植到"最显胜利的奢华"中——显然是说天堂——是最可怕的，因为它的奢华就是显示得胜：它将我们纳入一种庄严，削足适履，我们无法生存其中。至少，那可能就是她的意思，但对我来说无关紧要，因为她丰富而优美的辞藻令人难以抗拒，已充分满足了我。

既然最漂亮的宫殿太漂亮了，很自然地，瑞丁那些最令我们看重的诗都与前一首诗所显示的那种"胜利的奢华"模式相去甚远。更典型的也是最终更令人满意的，还是那些看似不太漂亮的诗，如《未读之页》（*Unread Pages*）和《无人簇拥的神谕人》（*The unthronged oracle*），其标题或许折射着她对自己的看法。芭芭拉·亚当斯（Barbara Adams）在谈到后一首诗时指出，作为一个神谕人，瑞丁远不是无人簇拥的，至少在德亚不是；在那里，她是"一群匍匐在格雷夫斯脚下的门徒的中心，他们来自英国和美国，但最后他们成了瑞丁在马洛卡岛的家中开办的即兴诗歌讲习班的成员"[18]。在亚当斯对《无人簇拥的神谕人》的解读中，瑞丁"将自己看作内在的神谕人，给自己提供并不令人满意的答案……她以投身物质现实成为其中一部分，从而与她内在的神谕式自我保持分离状态：'报纸、镜子、鸟、出生和时钟／以一张颤抖的薄膜将你与她分离……'"读者可以进一步斟酌她这样奇怪而又聪明地选择了一些物体，以此例证"物质现实"。比如，鸟，贯穿瑞丁的诗歌写作，经常模棱两可地出现，开始于她死后出版的早期诗歌集《初觉醒》（*First Awakening*）中的第一首诗《一只鸟说》（*A Bird Speaks*）的第一句："你认为我是一只漂亮的小鸟，是不是……"镜子也是无处不在，例如她另一首早期诗《写给一位收藏一面镜子的人》（*For One Who Will Keep a Mirror*）。瑞丁自己"收藏"镜子，尽管她很节俭，但对衣服和首饰，她显然相当挑剔。从照片上看，她设计了一种"外观"——既花哨又端庄——那肯定是她可识别的风范。因此，她可能确实感觉到镜子把她与"她内在的神谕式自我"隔开了，就像亚当斯所引的那行诗中的镜子。

　　这里是《未读之页》这首诗，该诗中的暴躁甚至恼怒的语气和《无人簇拥的神谕人》如出一辙，但渐渐地，它显示出丰厚。

　　　　结束就是一个快乐的结局：
　　　　过去的只能移进了既有的现在，

没有身体的成长，但一直鲜活，
甚至凭借"是"施与"否"的恩泽，
而"否"就像虚无制成的天使。

科学，陌生人的白色心脏，
因为一种无瑕的悲伤而滴血——
毫无耐心的手足情，
好奇心倦怠的变节之徒，
有关变节的信条。
对于那些已领略足够多的人，
真理有必要只是死沉沉的来世。
读者们以及旁观者们——
当星星躲开，或对短浅的脑子而言，
夜晚的时间似乎比白天少点真实，
不能以立竿见影的阳光的量
加以测量，或者不指望以此为据。

拥有睡眠和午夜的暖意，
你疲弱的眼睛看见失败，
给最清醒的书页编号，
黑暗并结满霜的页码编在最后。

结束就是一个快乐的结局。
书的结局首先到来，
印刷所培养的公众停止了阅读。

然后，打开隐秘的小门，
没人会在那儿恶趣阅读。
快乐从一大群中跑出来，
救赎的文字与时光到得太迟，
对这些灵魂已迟如悲剧，
他们对自己天生有一种悲悯：
令自己免于承受那些欢乐，
那些从食肉年岁起
就会令他们灰暗的乐趣。

成熟，对于保持童性的
这种异端，实在太正统——
书籍多尘的枯萎病降临他们，
邪恶的、博学的婴儿，
他们可恶的视觉结结巴巴地说出过去，
就像一个大字体的胎儿未来。[19]

瑞丁可能觉得她自己无人簇拥且无人阅读，起码这有部分是她的意图。她在《初觉醒》前言的结尾说："对作品的周密关注会有不同结果，甚至要看进整体（原文如此）的善意目的也难保不会误入歧途；这种关注可以是对我《诗合集》这个包括各种诗歌特点的整体，可以期待得到，掌握这些特点从批评角度和个人角度都能具有一般意义上的启示；或者关注另外可以看到的有案可查的诗歌资料；或者关注这数量不等的两类叠加而成的整块，它们被武断地视为构成了我的全部诗作。"[20]经她的警告，我们可以小心地接近《未读之页》了，既因为它本身是一首精彩的诗，也因为它可能对我透露一些作者的情况。她在开头是这样说的："结束就是一个快乐的结局"，因为"过去的只能移进了既有的现在"。故事和诗歌栖居于"过去的"虚构之地，正因为这一点，"印刷所培养的公众"（读者仍部分地陷入于文本的泥潭）"停止了阅读"。就这些"好奇心倦怠的变节之徒"而言，真相有必要只是死沉沉的来世，这些收费图书馆的订户们倾心于文学的小玩意儿，"短浅的脑子"领略得"足够多"了，对真相漠不关心，虽说在阅读过程中真理浮现，他们也不会不愿消化。"当星星躲开"（在她美丽的构想中），而这些"普通读者"沉入了睡眠和午夜的暖意，他们把这最清醒的一页标为"黑暗并结满霜的"最后一页。

尽管这种骗人的结束给读者带来和平，尽管这和平并非全部健全（华莱士·史蒂文斯的说法是"和平时代的和平"），阅读或某种相关的活动还是一直在发生，而"没人会在那儿恶趣阅读"（这可能指她的大部分读者）。"快乐从一大群中"设法穿过她打开的"隐秘的小门"，逃了出来，尽管这对读者来说太迟，"迟如悲剧"。一大群什么，或者谁？这些门扉是什么？无论如何，那些免于承受那些欢乐而最终被欢乐"灰暗"了的人，是难以体会另一种情形的，那也许是超越阅读的情形。"从食肉年岁起"是一处更含混的地方。这些自怜的灵魂是否凭着无心的阅读，就在不知不觉中逃过了时间泥沙俱下的蹂躏，或者他们以某种弃绝快乐的方式把自己从吞噬一切的时间中解救出来？不论哪种情况，这些小博学者们都可能会以一种过于正统的成熟方式结束，这成熟因为太正统而虚假，匹配给他们婴儿期的"大字体"阅读，就像丑陋得令人叹为观止的最后一行所明示的那样（这种丑陋比撒母耳十四行诗的丑陋更加有效）。标记为最清醒的那页后面的页面仍然没人读，那是我们的损失，不是他们的：他们继续活着，活在星光熠熠的正直中，"快乐于一大群"。他们从不交流，把那个虚伪的使命留给时日无多的前辈。这首诗作为一个整体，成为数年后瑞丁在《讲述》中一篇有关诗歌的声明的先声，她说："诗歌是一位睡眠制造者，在我们体内熬夜守候，在今天的台阶上倾听未来的脚步声。"[21]

我之前提到过，劳拉·瑞丁曾在一封信中苛责我，因为我竟敢公开说我觉得自己受了她的影响，然后我发现我并非孤旅独行，甚至连罗伯特·格雷夫斯也为此受到苛责。韦克斯勒告诉我们说，瑞丁否认她影响过她丈夫之外的任何人，也否认所有事实上亦步亦趋信奉她行为原则的人。[22]瑞丁对格雷夫斯明显的殷勤誉美之词尤其恼怒不已，指责他褒扬她作品中的观点而没理解它们的意义。她最不屑的是 W.H.奥登，而奥登一直承认瑞丁对自己的影响，要不是借鉴瑞丁的删繁就简、闪忽多变的玄学意味，他1930年代的诗风可能就会呈现另一种面貌，想想她的例子，如"律法，园丁们说，就是太阳"，或"这位月亮美人 / 没有历史 / 完整而原初"，以及"一个普普通通的盒子里 / 胡乱装着阴暗的愚蠢 / 兰花、天鹅与恺撒也躺在其中"这样开头的诗篇。[23]约翰·惠尔赖特尽管写过一篇轻薄瑞丁的评论，但肯定也受过她的影响。至于我自己，这里有一首我早期的诗，我在此引用并非因为它是我最得意之作，而是因为这首诗似乎所留下的瑞丁精准风格的印记更明显，而比起其他多多少少也受到其影响的作品，这篇更令我满意。

最瘦的影子

他更有雪莉酒的味，
最有雪莉的味道。
一支高高的体温计
最能反映他。
街上的孩子们
看着他走过。
"那是最瘦的影子吧？"
他们彼此喊道。

脸从镜子里望过来，
似乎要说，
"随和点，年轻人，
因为你不可能开怀"。

他所有的朋友都走了，
离开那寒冷的街角。
他的心装满了谎言，
眼睛满是霉菌。[24]

要想以瑞丁丰富自己，你必须误读她，也必须对她所暗含的可能的启发视而不见，那些对未来的启发就是天上的馅饼，可能比诗歌本身更好。T.S.马修斯（T.S.Matthews）是格雷夫斯与瑞丁在德亚和纽霍普诗歌讲习班的一名成员，就是他把杰克逊介绍给了瑞丁，他在文学回忆录《天生一对》（*Jacks or Better*）中呈现的瑞丁面貌就不那么讨喜。他说，杰克逊死后，尽管他们的语言学巨作显然无法脱稿，但瑞丁"绝不愿承认这一点，反而暗示说大部分已经完成，可能不久就会面世"[25]。他说，"在这些要有所承担的话中，尤其是在一本叫做《讲述》的小书里，劳拉就像一个给杂耍演出揽客的，承诺说有多么了不起的东西和叹为观止的东西可看，要到帐篷里去观看和体验，而且像所有这些表演一样，顾客一走进来她的表演也就结束了。她游说的语调一方面不容置疑、浮夸过火、毫无意义，另一方面又令人敬畏、荒诞不经，就像一个人在由消化不良引发的睡梦中真真切切地听到了上帝的声音（或貌似真切的翻版）"[26]

也许定论之语应该留给朱利安·西蒙斯（Julian Symons）来说，他仅仅因为向她要一首诗收入一个选集而和她有了过节："写她时难免要带着一种喜剧调子——再说了，干吗要避免呢？然而，依她的成就，不该以这样的调子结束。不懂得欣赏她智慧的魅力以及她头脑中那自毁性的简

洁，那就无法和她交谈。她父亲，那位犹太裁缝，希望她能
成为美国的罗莎·卢森堡，她却成了某个意义上的诗歌圣人
（沉默这么久，可以告别了），跟所有圣人一样地烦人；但
是，通过她的作品以及她的示范，她为净化诗歌语言做了一
件极有价值的事。没有别的方式能够做到她这样，恐怕也没
有另一种人能做到。很多人都欠她一笔。"[27]

六

戴维·舒贝特："这是一本无人知晓的书"

1983年,《文学评论季刊》(Quarterly Review of Literature) 为了庆祝创刊四十年,出版了一本有关戴维·舒贝特的书,也收入了这位鲜为人知的诗人的作品,编辑西奥多·怀斯 (Theodore Weiss) 和蕾尼·卡罗尔·怀斯 (Renée Karol Weiss) 夫妇早在1930年代就认识他。我为这本文集写了一篇短文,做了如下评论:"静心坐一会儿,重温舒贝特的诗歌,稀有而锐利,就好像在闷热的房间待久了而不觉得闷,这时却有一扇窗户打开了。"[1]。

我在写这一章的时候,偶然碰到一封威廉·卡洛斯·威廉姆斯写给西奥多·怀斯的信,并没有收入那本舒贝特的纪念集。威廉姆斯写道:"非常感谢舒贝特的诗歌,它们是一流的,而且不止如此,远远不止。它们是我读到的少数几首应该收入新选集的诗作——连艾略特,恐怕连庞德都不在其列。我希望我能打造那本选集,我应该准备以抛光的银作为栏杆,让它们在阳光下清晰可见。你知道,有一种体态感全新的诗歌，几乎还没人感觉到，舒贝特是那片天空下的一颗新星。我希望我没有夸张过度，当有人在闷热的房间里打开一扇窗户时，你就知道那是什么感觉了。"[2]

不用说，当我发现在描述舒贝特的诗歌对我们的影响时，威廉姆斯医生和我有同样的说法，我感到非常高兴和惊讶，或毋宁说是我在威廉姆斯说过四十年之后，偶然地使用了同样的表达。这不只因为它似乎证明了我选择诺顿系列讲座这样重要的场合，来谈论一个几乎没人听说过的诗人是正当的，它似乎还为这些讲座的主题提供了某种辩护。起初，我把这个系列讲座称为"另一种传统"，当这说法听起来有点浮夸时，我退后了一步，决定把它称为"又一种传统"，而最后才称为更准确的"别样的传统"。这触发了我这样的感觉：那些为人所知被人记住收入诗选的诗人（当然，这可以适用于任何需要用心用力的行业）之所以存在，偶然机遇和内在价值同样重要。诗人或许比其他人更真实一些，因为诗歌一开始就是一种有些被忽视的艺术；在最好的情况下也很难风生水起，而且没有多少评判者监督行情，以确保每一个人得到理应获得的名实。诗歌比绘画更容易佚失，甚至它们的作者也会把它们遗忘在抽屉里，或者发一阵怒气就将它们毁掉。事实上，舒贝特就这样毁了他的大量作品，包括一部小说，那小说只有第一句得以幸免："外面是星期二。"[3]

我自己对舒贝特的喜欢超过庞德或艾略特，而且感到欣慰的是还有威廉姆斯这样一位重量级权威在我背后撑着。我们信任能够幸存下来的东西，而那些中途夭折的东西，无论其原因是什么，都无法让我们感兴趣。舒贝特发了疯，疏远了那几位熟识且对他诗歌有信心的人，但这于事无补，他总是被厄运纠缠，而事情原本可以很容易变成另一个样子。他写作时正值大萧条时期，那时每个诗人，可以说是每个人的日子都很艰难。假如他再活得长一点儿（他在1946年死于肺结核，时年三十三岁），而且有威廉姆斯和其他几个欣赏他的人相助，包括罗伯特·弗罗斯特、詹姆斯·劳夫林（James Laughlin）和莫顿·多恩·扎贝尔（Morton Dauwen Zabel），他肯定会发现他的读者，甚至他会被视为美国的兰波或曼德尔施塔姆也未可知，而在我看来，他完全配得上。可我现在怎么会说起这事呢？三十五年前，W.H.奥登从一个朋友处得知弗兰克·奥哈拉（Frank O'Hara）和我都参加了"耶鲁年轻诗人大赛"，而诗集手稿都被耶鲁大学出版社退回了，因此奥登就要求看看，选了我的作品出书（虽然我相信他有点不太乐意，显然他对我们两人的参赛作品都没那么热忱，不过发现它们比转给他的那些稍微满意一点）。若不是因为这一巧合，我或许没机会出版一本诗集，且最终被认为是实至名归的诺顿讲座人选。至于我们这一行的盲人瞎马，没人写得比奥登更好，我想引用《海与镜》（*The Sea and the Mirror*）中卡列班的一段演说，引用之后我就可以进入舒贝特的诗歌，而不必再讲人类愿望的虚妄。奥登写道：

因此时间也是如此，在我们的会堂中，时间并不是女人亲爱的老古板，急于讨好每一个人，而是一位一本正经的法官，从不休庭，而且一旦做出决定，言简意赅地宣判一个人失去头发或才能，另一个人守七天贞洁，下一个人对生活厌倦，任何人都不得上诉。我们现在就不应该坐在这里，梳洗干净、温暖如春、鼓腹而游，端坐在买下的位置上，除非这些位置上没有其他人在；我们的生龙活虎、我们的神清气爽，就其本身而言，是幸存者的特征，意识到还有其他人没这么幸运，还有人无法成功驶过那狭窄的航道，一些不被当地人善待的人，或者那些街道被炸弹选中或饥荒绕过我们却横扫他们国土的人，那些没能抵御细菌入侵或没能压住肠胃叛乱的人，还有那些官司输给父母的人，被无法更改的愿望毁掉的人，被无法控制的怨恨戕害的人；意识到什么人更善良、更强大，但仅仅隔了一天，幸运之神突然生出厌恶抽开援手，现在正神经质地跟醉醺醺的船长在赤道或北极圈肮脏的咖啡馆里下棋，或者躺在几个街区以外，身无分文，在铁板床上哀嚎，或者成为赤裸的碎尸栽进阴湿的坟墓。亲爱的主人，原谅我们提及此事，但难道你不也该反省吗？我们很可能并没看你今晚这样的演出，要是某个乡村报纸没在《家禽爱好者手记》（*A Poultry Lover's Jotling*）下方的一角登出另外某个或许更聪明的天才娶了一个酒吧女，或虔诚信教、谨慎羞怯，或者每况愈下的八卦。可谁能说得清呢？[4]

对舒贝特的早年生活，人们了解得不多，他妻子说他总是拒绝谈论。他1913年生于布鲁克林，但在底特律长大。他父母很穷，大约在他十二岁的时候，父亲抛家弃子，不久后母亲自杀身亡，舒贝特放学回家，显然看见了她的尸体。之后，他和妹妹弟弟靠各路亲戚抚养拉扯大。新方向版1941年的《五位美国青年诗人》（*Five Young American Poets*）上的生平简介说，他十五岁之后便无家可归，靠卖报纸，做餐馆杂工、冷饮售货员、农场雇工及各式各样的工作来养活自己。这令人想到他诗歌《无题》（*No Title*）中的几行："我站在四十二街 / 第八大道。我站在那儿，只有两枚 / 五分硬币。"[5]弗兰克·奥哈拉曾在《致戴维·舒贝特》（*For David Schubert*）一诗中引过这几行。舒贝特就读于布鲁克林的男生中学，是一名出类拔萃的学生；十六岁时，他获得全额奖学金并进入阿默斯特学院。他古怪的个性既令老师们印象深刻也令他们恼怒上火，其中就包括罗伯特·弗罗斯特和诗人约翰·西奥博尔德 (John Theobald) (据舒贝特的遗孀朱迪丝·舒贝特 (Judith Schubert) 说，弗罗斯特一度扶持过舒贝特，每周给他三美元津贴)。[6] 舒贝特的一位老师西奥多·贝尔德 (Theodore Baird) 记得："他作为一个新人，就已经对语言进行试验，做文字游戏，将语言调来转去，让它们滑向另外的含义……戴维·舒贝特只有一种语言，一种他带着内在的喜悦加以探索的语言，而他在所有场合都使用这种语言，无论是写诗、历史论文还是植物学测验。"[7] 舒贝特从阿默斯特辍学后，由于他老师特别恳求，他才被恢复学籍，但他最终再次放弃，几乎一直忙于诗歌而无视学业。

在此期间，他在伯克郡的一条乡村公路上遇到了他最终要结婚的女人。朱迪丝·舒贝特，娘家姓埃尔 (Ehre)，回忆他们相遇时她说："1932年8月的一个大热天，我和莫莉坐在马萨诸塞州蒙特利市的一个草坪上，嚼着我们采摘的浆果，同时试图搭顺风车回旅馆。我俩都没有注意到有人从树后面的房子里出来，直到我们听到那年轻人走过来，软帮鞋踩得树叶发出噼啪的声音；他在一块岩石上坐了下来，离我们有一小段距离。他大约5英尺8英寸高 (即约1.73米高)，非常纤瘦，身着棕褐色的灯芯绒夹克，棕色的宽松长裤和深蓝色

衬衫，领口敞开着，完全说不上古怪。也许是他那谜一般的
笑容，以及他那对超乎寻常的深蓝色大眼睛审视我们的方
式，暗示着某种非生命的存在，具有丁尼生的特质。"[8]戴维
在一首（他认为）非常直接的题为《蒙特利》（Monterey）的
诗中，写到了这场他们命中注定的会面。

> 小山郁郁苍苍，
> 带着雨水和青春。我在
> 小屋里做些分内的杂事，
> 我与两位朋友同住。
> 对我们而言，这是我们
> 生活的一块里程碑，
> 我们疲倦不堪的时刻，
> 我们别无可做之事。
> 家和父母应该就是
> 如此。
>
> 　她来时带着一个朋友，
> 在路上声音很大。她对
> 自己的住处很不满意。
> 我们不知是谁在路上遇到
> 她们，请她们进来吃午饭。

> 我爱她，但不是
>
> 为了她，而是为了我自己。
>
> 她是出于想象的女孩。

> 我是粗鄙的利己主义者；
>
> 我不曾磨蹭也没假装正经。[9]

在几度时断时续的求爱之后，他们在1933年结了婚。

　　1930年代，他们住在布鲁克林高地一座风景如画的阁楼里，俯瞰纽约港。戴维最终取得了城市学院的学位并做过各种工作，但夫妇两人的生活主要靠朱迪丝当教师的薪水来支撑。他们的朋友包括诗人西奥多·怀斯、本·贝利特（Ben Belitt）、哈瑞斯·格雷戈里（Horace Gregory）、玛丽亚·扎图仁斯卡（Marya Zaturenska）以及画家马克·罗斯科（Mark Rothko）。1930年代中期，戴维开始在《国家》杂志（*The Nation*）《党派评论》（*Partisan Review*）和《弗吉尼亚评论季刊》（*Virginia Quarterly Review*）等杂志上发表诗歌；1936年，他获得《诗歌》（*Poetry*）杂志颁发给青年诗人的珍妮特·休厄尔·戴维斯奖（Jeannette Sewell Davis Prize）。但精神疾病开始找上他，舒贝特的婚姻也随之恶化。有时候，戴维会失踪好几天或几周，身无分文。早在1943年初，有过一次特别严重的家暴，朱迪丝感到和他一起生活不再安全，因此她离开了。就是这时候，戴维毁掉了他所有的稿件（朱迪丝后来花多年时间试图把它们拼凑起来）以及罗斯科送他们的一幅画。几星期之后，他出现在华盛顿一家精神病院，他说自己去那儿"和阿奇博德·麦克利什（Archibald MacLeish）见面，并且应征加入海军"[10]。朱迪丝设法将他转入白原区的布卢明代尔医院，他被那里诊断为偏执型精神分裂症，最后被转送至长岛的中伊斯利普（Central Islip）的一家医院。1946年4月1日，舒贝特因肺结核在这家医院去世。他死后，朱迪丝又结了婚。1961年，经无数次被出版商拒绝之后，她设法在麦克米伦出版社出版他的诗集《首字母A》（*Initial A*）[11]。这部诗集中的诗歌同许多之前从未发表的诗歌、书信、评论文章和传记回忆录被收集在1983年的《文学评论季刊》选集中，题目为《戴维·舒贝特：作品与时日》（*David Schubert*: *Works and Days*）。

舒贝特很仰慕诗人华莱士·史蒂文斯，而史蒂文斯曾写道："诗必须要差不多做到／拒绝智力。"舒贝特的许多诗歌差不多把"差不多"一词撑到吹弹可破的程度，而且在此过程中成功地令自己的作品经得住任何评判分析乃至解释注疏。那么，我们该如何讨论舒贝特，或者更确切地说，我们要如何与几乎没有读过他作品的读者谈论他？我想，我不会像欧文·艾伦普赖斯（Irvin Ehrenpreis）那样，他为《戴维·舒贝特作品与时日》撰写了最长的一篇文章。奥登的卡列班说，"有保护伞的学术领域以及不容许任何资历不够的陌生人闯入的学术期刊，这与禁猎区以不友好的火枪来防备偷猎者相比，其猜忌之心一点也不逊色"[12]，艾伦普赖斯正是占据了这一确定的制高点，进而解析这些本质上不可解的诗，确认它们的神秘内容，提供自传性背景（其实这是最不能说明问题的材料），找出舒贝特在二十世纪诗歌雕像之园中光秃秃的基座，用如下推荐语送他上路："这位诗人堪称史蒂文斯、艾略特和克兰名副其实的继承人，现在该是向他致敬的时候了。"[13]瑞切尔·哈德斯（Rachel Hadas）是一位优秀诗人，她在《帕那索斯》（*Parnassus*）上发表的《戴维·舒贝特：作品与时日》的评论是到目前为止有关舒贝特的最智性的文章，她对上面那个结论的苛责可谓切中肯綮："舒贝特的作品带有这些诗人的回声，这毋庸置疑，然而要褒扬他的最真实、最有益的方式不是将他撬入一个伟大的传统。相反，我们应努力抓住并传达他最直接、最持久的遗产：他诗歌中新奇的原创性。"[14]

那我们就试着这样做吧，且不管是否有艾伦普赖斯的学术评价工具，而且不忽视哈德斯的郑重警告。艾伦普赖斯选了几首代表舒贝特诗歌生涯中几个重要阶段的诗歌，第一首是《良善的情人》(*Kind Valentine*)，这首诗获得《诗歌》奖，标志着他的诗歌生涯正式开始，也是他写过的最出色的诗歌之一。

> 她把一朵白玫瑰贴胸抱着——
>
> 花瓣闪动——在她的呼吸中；
>
> 在死亡之日她会摘到果实——
>
> 那花朵已深深地扎入骨头。
>
> 傍晚时的面庞为爱而来；
>
> 河里的芦苇相遇在低处。
>
> 她睡成了孩子，脸成了泪珠；
>
> 梦出现时，星星正隐没
>
> 在窗户，它们在假扮雪花。
>
> 这是一本无人知晓的书。
>
> 纸张的墙收着神秘的橡树，
>
> 而一座城堡长在橡树之后。
>
> 大门上方，她的头顶之上，
>
> (她死去！她醒来！) 骏马奔腾。
>
> 孩子翻动，敲击无声的空气，
>
> 哭泣，害怕夜晚长长的合卺杯。

进入自己内心，活着，乔安妮！
数一数纽扣——看它们匆匆
跑向医生，红舵主，女士之宠！
特别轻盈地从楼梯上下去，
那位陌生人穿着你的睡袍。
听到那白色，在你的悲伤内部，
一个发疯的狂笑浮在屋顶之上。
哦，微微的风，随黎明而来——
那草地上的是你的影子。

打破罐子吧！放开康乃馨——
好好嗅闻一番！它们是最初的存在。
击破天空，让神奇的雨水尽情
泻落！让大地生育出虚假悲剧的
玫瑰——未经彩排地绽放。
头，碎掉吧！碎了。梦，如此微小，
来到她身边。哦，幼小的孩子，
在海葱上跳舞，那里大风狂野地吹。

蜡烛在暖暖的黑夜升起亮光，

时短时长，那脉动甚是明亮。

慢慢地，缓缓地，那波浪

在她的愿望中，在她的脚下消退。

镜中的潮汐，漫上紧张的呼吸，

更紧张的眼睛，镜子潮起潮落。

那学徒、那驾驶员，快速驶向

坏疽！然而，谁能知道，——假若

他就在她身边！乞请星光般灿烂，

我首先看到的是，虽然在黑夜，

一把声音柔和得犹如泪滴的吉他——

它呼唤远方的棕榈海滩。

哦，星星远远地挂在那儿，

为了他而挂在她的发梢，

犹如他送出的白玫瑰，白而热，

而那低处的抽泣的河岸——

它哭出了紫罗兰和勿忘我。[15]

哈德斯说，艾伦普赖斯"说出的多过我们有必要知道的，极有可能比实际有的还多（'乔安妮先是一个悲伤的小孩，继而是一个危险地堕入情网的女孩，接着是个精神病患者，哀悼她失去了神秘的情人，所以成为一个自杀者，最后是一具尸体。')"。哈德斯继续道，"说了这么多，却没有一点触及构成这首惊人之作的独特处：其有节奏的活力、跳跃性的步调、不同语调的奇妙浑成，一次性呈现出雄辩激昂而又哀婉惆怅、歇斯底里而又温柔脆弱。措辞在场地边缘跟跄摇摆，但怎么说也是在移动中"。她在另外一处还提到，"舒贝特的许多诗歌似乎是由一些滑块或优雅或随机地组合在一起，这些碎块很难组合在一起形成一个大结构或有纹理的质地：意象、节奏、叙事立场以及句法全都变幻不定，但最滑动难逮的是语调"[16]。

从舒贝特遗孀的言谈中我们得知，舒贝特是一个烟不离口的人，总把诗歌片段写在随身携带的纸板火柴的纸盖上，然而再将它们写进诗篇中。典型的舒贝特诗歌表面看来就是打碎的东西，重新组合在一起时也没煞费苦心，而最终同时带着懊悔和逗趣接受了下来。在这一点上，他的诗与他生活中的许多要素相似：他的婚姻，他在教育和就业方面失败的尝试，以及他与那些试图帮他的人保持联系的无能（朱迪丝·舒贝特明确说过，在舒贝特后来很绝望的那几年，弗罗斯特愿意从经济到评论上提供帮助，但舒贝特心气太傲，不愿开口求人）。这些都像是生活的碎片，无论重组的方式多么怪诞，意味却都立即显现而且清晰明了。在我看来，《良善的情人》并非一首诗，并不是写一个女孩所要面对的人生的不同阶段，而是一篇出自一位诗人之手的致辞，写给一位反复逃进逃出梦想的女孩，诗人本人也受到类似折磨。它的效果大多来自语法的轻度移位，以致人们的期望经常处于一种紧张状态。例如："这是一本无人知晓的书。／纸张的墙收着神秘的橡树，／而一座城堡长在橡树之后。"〔这会不会是对奥古斯特·斯特林堡（August Strindberg）的《梦之戏剧》（*Dream Play*）中生长的城堡的一种暗示？斯特林堡此剧的主题是人与神沟通的失败。〕接着："大门上方，她的头顶之上，／（她死去！她醒来！）骏马奔腾。"我们或期望骏马穿过大门，从她身体上飞跃而过。在此情形下，梦，无疑是噩梦，有着自己维度和视角的规则，并且这规则背后有自己神秘不解的原因。无论如何，马群纷乱而至因而也就将不安带入房间，很可能预示着"夜晚长长的合卺杯"里的内容具有某种阴邪的性质，然后诗人命令乔安妮活着"进入自己内心"。舒贝特给本·贝利特（Ben Belitt）写过一封信，说："弗罗斯特一度跟我说，一位诗人，他的手可以伸出去——像这样——也可以向内伸向自己；不管哪种情况都会占取一块很大的领域"[17]；也许舒贝特此刻感觉乔安妮活着"进入自己内心"方可最有效地占用（cover）这个世界。在这一节的其余部分，乔安妮要按要求跟着一首童谣的调子来数纽扣，然后走下楼梯去草坪上，听着"一个发疯的狂笑浮在屋顶之上"——此处这句话再次有点扭结，仿佛这笑声不是来自屋顶上某个人，而可能是从下面锲入的，而那人发疯得把屋顶都撬开了一些，由此站在下面地上的人也能听见——我觉得，其余的并非乔安妮"成长为一个女孩"危险地坠入情网（按艾伦普赖斯的说法）过程的另一阶段，而只是那个梦的延伸，像所有的梦一样，并无情节。尽管乔安妮数纽扣过程中先后想起"医生，红舵主，女士之宠"，所有可能的求婚者，接下来的几行却存在真正的紊乱——"特别轻盈地从楼梯上下去，／那位陌生人穿着你的睡袍"——至于穿着睡袍的是谁，是作为孩子的乔安妮，还是后来成为年轻女人的她；或许是另一个女人，她的对手，争夺求婚者的关注；甚至是一名求婚者；或者，是所有以上三种情形下的混合——这就是梦，无法解释。

下面一节的第一行是一个未完成的想法，一个修辞格，叫做话语中断，其经典例子是维吉尔《埃涅阿斯纪》（*Aeneid*）中涅普顿所说的"我其谁"，向风发出警告："打破罐子吧！放开康乃馨——／好好嗅闻一番！它们是最初的存在。"为什么要打破罐子来闻康乃馨的气味？让它们做什么？为什么它们是最初的存在？我们想到它们时不会把它们当作一种季节性的花，就像最后一节里的紫罗兰和勿忘我，它们是能从花店拿到的东西，或许是一名追求者献给那女孩的第一朵胸花，但为什么要打破罐子？是否为了得到狂喜而牺牲的贞操？这一切之中，仍然没一项能勉强说通，再说，以舒贝特诗歌的方式，也不应该是这样的：留给我们的是具有多层次的、分裂的意义束，可以紧抓不放但永远不能完全理解。正如艾伦普赖斯所说，"《良善的情人》是一个杰出的成就——紧凑，隐晦，富有戏剧性"[18]，尽管这或许是他批评论述中唯一一处把隐晦等同于杰出。哈德斯说得更接近："舒贝特最好的诗歌捕捉的是思想本身的纹理——粗砺、迅速、舞动的'之'字形，从相似到疑问，从愿望到意图。"她在别处还说："舒贝特并非超现实主义者；他深切地意识到，交流不可彻底，而他也感到语言和意义之间的拉扯要么可悲要么不祥。"[19]超现实主义将自己弃掷于无意识，因此它永远无法准确地反映出意识和潜意识在其中发挥作用的经验：舒贝特能有这样的认识，的确是他独特的长处之一。

现在我们看另一首显然是后期的诗，题为《密德斯顿居》（*Midston House*）（虽然舒贝特的诗歌没有写作年表，但这首诗似乎受到他1930年代末找工作的启发）：

> 当我拉亮了电灯，我想，
>
> 所需的是一种谈话的技巧。
>
> 然而，并非我们的经验

所产生的有限词汇，并非这
成堆的表面的刺激，才会
累积出一座城市——而是表达，
已变形的表达，暗喻了什么，
以及他们如何转化为光。

　　在去密德斯顿居的巴士上，
我打量着那些人，看他们的行为。
平静而放松，这是一种乏味
俗气的装束，女孩和食物、
男人、工作与房舍。习惯的
保险是迂回的，就像民主
内置着种种连锁的义务，
迂回的顺服。

　　然而，如何将持续
衰损的能量之云转化
为光？我要去拜访的
这位，这具有极致智慧的
男人——他是否知道？
我想到的是，我人生苦差

尖锐的切割——割裂的关系，
在我身上几乎制造出一种
悲苦的晕厥与日子的裂隙，
生长出愤怒的白牙，我的
变狼狂想——感谢上天，结束了！

　　我被火焰从工作中辞退，像
愤怒的良心一样宏大：我什么都
不会做：我一样能力也没有！
我将在大厅等着去见面的男人——
我一生都在等待某种
不会有结果的事——这样的人
存在吗？

　　生命的法则，就像一位抽象的
严谨的律师，按照奇怪的外国
三段论，对可怜渺小的我做出
可怕的判断。他在骗我！他不会
守约到来！

　　　　他的诚挚

驳斥我的怀疑。我能说什么，
说我爱他，说我不够
朋友？我的不信令我觉得自己
——即便我们讨论别人的不诚——
丑陋，易怒，该死的贪婪，一个狡猾的
无赖，像白尼罗河上那只丑陋的
鸟。

    但这首诗就是这样
说到我想说
却又无法说给那人的话。
我困倦中带着敏锐；房间给我的
感觉是黑暗、阴冷而凄清。
里面没有一个人。我要打开所有的灯。

我但愿自己能够走上
一条漫漫的迢迢长路，
到一个生活简单而体面的地方，
不会太有压力。

不！在车上，明天，我会见到

　　那个人，和他握手曾是幸福。

　　表面上看，似乎诗人正在去一个宾馆见人的路上，那人会给他一份工作。我隐约记得纽约市中心有一家中档酒店，名字叫密德斯顿居，这里的中点，具有一种庄重的性质，不可能不令人想到《神曲》（*Inferno*）的第一行。然而，情节发展却又是断的。诗人一开始在一个房间里，打开一盏灯（但显然不在密德斯顿居，因为下一节中，他在乘巴士去那儿的路上）。在房间中的时候，他在琢磨如何将持续衰损的能量之云转化为光，这可不像按开关那么简单。那个具有极致智慧的人知道如何将衰损转变为光吗？这不正是问题所在吗？"持续衰损的能量之云"可能意味着虽然包含能量的云正在衰损，而能量却完好无损；如果要想能量变成光，重要的是要把这些阴暗的中介物维持住。接着，诗人怀疑那人"在骗我！他不会 / 守约到来"。不过，此言一出，那人的诚挚就马上驳斥了这一指控：那人已如约而至。他现在必须对那人说自己爱他，而且自己不够朋友。甚至更糟，当他们讨论起一位神秘的第三人的不诚时，舒贝特鞭挞自己是"丑陋，易怒，该死的贪婪，一个狡猾的 / 无赖，像白尼罗河上那只丑陋的 / 鸟"。我不知道他指的什么鸟，但"白色"让我想到波德莱尔的信天翁，那是舒贝特非常精到地翻译过的三首波德莱尔诗歌中的一首（很容易看出他为什么选译那一首：
"这位旅者，长着翅膀，多么笨拙而脆弱！／近看时那么英
俊，却这般滑稽，这么平常！／有人用一根烟斗折磨它的
喙。／又一个效颦者，跛着脚，曾经飞翔的病人"——这几
行可谓是舒贝特在摹写自己）。舒贝特立即从生意场的谈话
跳回到这首诗本身，"但这首诗就是这样／说到我想说／却
又无法说给那人的话"，这堪称是对诗歌的一个出色定义，
不仅是对舒贝特的诗，也是对诗歌本身的定义，并且因为这
惯常的轻微偏差而更加尖锐："但这首诗就是这样。"后面没
有冒号，但这一行诗在这儿断开而且听觉上也应该有个冒
号；同样，人们会把最后一行补充完整，成为"说到我想对
那人说"。不过，那不是他要说的，尽管某种程度上是，因
为他引导我们去期待这个意思。那几个词的实际含义是，这
首诗包括着说到我想说但没法对那人说的话：换句话说，对
诗人而言，理想的情境是让读者说出这首诗。要是真能这
样，真是对每个人都妙不可言。然而，诗人现在"困倦中带
着敏锐；房间"黑暗、阴冷而凄清；他"要打开所有的
灯"，"里面没有一个人"。是否可能在诗的开头他从来就没
离开那房间，整个见面过程是他想象出来的呢？他梦想着去
一个地方，漫漫的迢迢长路，到了那里生活就会简单、体
面、不会太有压力：显然，没有密德斯顿居，虽然现在他似

乎在计划着明天去那儿："不！在车上，明天"［"明天"大写了（英文 tomorrow 首字母），这就存在这样的可能：那车的名字就叫明天，就像"欲望号街车"那样，有一位评论家这样说过］，但更可能的是说他今天坐过或者没乘坐的那辆车。明天，在车上，他"会见到 / 那个人，和他握手曾是幸福"。如此看来，今天他可能见了那个人——他的握手便"曾是"幸福——而他怎么都会在明天和他相见在巴士上，使他免于经历密德斯顿居的痛苦，除非他自始至终所在的房间就在密德斯顿居；那车、那握手则可解读为一种拯救，将他从水深火热中解救出来。正是因为这些多重视角以及多种可能情境，工作面试这一庸常经历被转化为人生中的一个重要转折点，正如舒贝特在《论底特律新闻自由的檄文》(*Dissertation on the Detroit Free Press*) 一诗的结尾所说的：

> 现在，火车转出一个弯，我看到
> 工程师驱动我们前行。或许
> 只有在拐弯中，我们才意识到
> 用以驱使我们目标的动力。[20]

我们来看看舒贝特的另一首诗，这是一首短诗，在我看来是他最好的作品：

来访者

他从山上来到这座花园。先生，
欢迎您，我拥有的一切都为您所用。

他从山上来，察探到那片仁慈的
荫凉，和我一起在橡树底下享用。

先生，您在山里做了什么，
除了整天狩猎白鹿？

在山里，我打猎，我也琢磨
如何破坏和毁掉你的花园。

在山里，我猎取了一种外观
以便捕获你信任的情绪。

因此，我残杀你的时候，
你还在梦想着我怀有情谊。

那个来自山上的人说着山，
到这儿来拜访我。

但是，我只会抬头向上看，
由于我的星早已落在山中，

那个人从山上来，他这么说，
我将只看到我在这儿摧毁的美丽花园，
那个人从山上来，他这么说。

　　艾伦普赖斯相信这首诗写的是舒贝特冷酷的父亲，因为艾伦普赖斯跟朱迪丝·舒贝特很熟，所以这样解读还是可能的，尽管这么做看起来类似于争论《麦克白》（*Macbeth*）中第三位谋杀者的身份。不过，为什么只应该有一种解读呢？一次诗歌诵读会后，有人问我一个不算是问题但是人们会问诗人的问题："是你构想出想法还是想法来找你？"我当时忙于希望找出答案以及其他一些东西，以至于都忘了问为什么不可能是两种同时存在。《来访者》（*The Visitor*）也可以是伊甸园的寓言，基督必须承受其殉难的寓言，也可能只是一个意义自足的故事。这种景观的壮丽，以及这种行为的恐怖，让我想起了兰波，舒贝特最喜欢的诗人之一，也让我想起洛特雷阿蒙，一位他可能不知道的诗人，但这种含混性的中轴却是舒贝特自己。那人杀了诗人，因为诗人梦想着那人对他怀有友谊，但那只是诗人自以为是而已。不过谋杀者遭受的命运可能更糟：他将只是向上看，因为他的星星沉落在山中（注意动词的歧义性：那颗星既是固定的也是下落的）。然而他注定要看见的不是星星，而是他所摧毁的美丽的尘世花园。无论杀的是父亲、朋友还是陌生人，他的宿命是犯了谋杀罪，并受此折磨，因为他的牺牲者注定降服，但就像哈德斯所说，"从某个方面看，即便最审慎的心理推测也不得要领。舒贝特的作品感情浓烈得独特，阐释起来无须什么传记材料的启发。他借助诗歌实现了对生命最坚韧的把持，而且人们也是因为他的诗歌而对他心怀感激"[21]。虽说诗歌中有自白，这些自白也可说是一种坚持活下去的方式，但远不止自白而已，这就使得他不可称为"自白诗人"。早在这一并不足取的说法产生之前，舒贝特就在给本·贝利特的一封信中言简意赅地对这个文类批驳了一番："说到克莱恩，我说过'被欺骗'，我的意思是：把一个诗人的诗作与这个诗人的悲剧绑在一起，不可分离，以至诗歌没有它自己的生命，这种感觉我很讨厌。"[22]

我在结束前给大家展示三首舒贝特的诗，这些诗的范围更广一点，其幽默更明显，如在题为《分数》（*The Mark*）

的第一首诗中；而在《彼得和母亲》（*Peter and Mother*）一组诗中，他则是一位描绘时而天堂时而地狱的城市景象的高手，这组诗歌可能是对他底特律童年生活的追忆；而《快乐的旅人》（*The Happy Traveler*）让我想起了罗彻斯特，"这座令人愉快的循规蹈矩的城市"，我也在那里度过了一段童年时光，那时新婚的戴维和朱迪丝（她出生在那儿）就住在几个街区之外。最后我将以一篇简短的诗歌笔记结束全篇，那是舒贝特写的唯一一篇诗歌笔记，用作《五位美国青年诗人》里他的诗选的前言。

分数

此刻我的悲伤如雨，而上帝

给我的评级只是 B一；在他的班上，

我爱课间休息，琢磨窗户。

我被打造成这样是我的过失吗？可是，

甚至上帝也因自己的过错而受罪。

为何他要撒谎？难道他不知道

谁对我做出承诺，作为一只凤凰，

我焚化不掉，而只会是一种荣耀。

B一，这很伤人；它甚至不能
算是中等；不是一个 A 凭着自己的
双脚站立，成为一个聪明的人；而是
一个弯弯的希腊字母，顺从、彬彬有礼，
总是缺少了什么。

想想 C 吧，它那弯曲的
胸部，可以看见一切，却又假装
满不在乎！C 是开明的脑袋，一位善良
友好的美国人，你可以说说话的人。
D 则与此相反，代表的是
滚到一边去！谁听了

它那下流的回音还能活得下去？
而 E 就像一条鳗鱼，软湿、黏滑——
但无论你怎么看，都不是你眼中的泥巴。

至于那神圣的代表逐出教会的
F——它是终结，躺进坟墓
之后的定局。就好像以为什么，
在受害者白板的天真里纠缠。[23]

彼得与母亲

"一只手正在你眼前
写出这些诗行，为了你
绝无动身可能的旅途。它们
是透明体。戴着橡胶，
你会变得精明。"

梦中有一个缩写字母 A，大厅里
非常明亮的枝形吊灯带着小玩具装饰；
黄昏时分大门打开，迎着铁线莲，
他母亲裹着披肩，沿岁月的台阶跑去，
要和一个手提空午餐盒的人见面。
当他们穿过那块地回来——
他听到——他妈妈脑袋里有真相、
糖果屋故事，还有
一小节最甜的歌。

　　　　那里言词就是
行动的阴影，并严苛以对，

犹如第一批番红花

在雪地……"快快长大，

成为我租住的房子、砖石屋！"

这纸做的形象，做得并不完美，

犹如火车站的通知仍在播放，

而火车早已开走——

这遗憾非常强烈，

足以摧毁四壁、驱散儿童，

而墙上的画中，一头牛

正在满不在乎的牧场上吃草。

丁香的气味漫谈着

她陈腐的鬼魂，越来越暗淡；

想到她饱经风霜的脸就像

某个永恒画家以蘸满白色的笔绘成。

一直在远去，试图听见

一个声音，而那从来未曾清晰地

发出。

她的旅程结束了，终点被隐藏

在他天真的皮肤的盲目中。[24]

快乐的旅人

再见吧，鱼尾菊，像严格禁酒的人一样高，
你啊，骄傲的矮牵牛花，欢乐的彩笔画的窗户，
还有你，高贵的树干，不辱
榆树之名，以黑色的树皮对抗黑色的雨，好像
惬意的大象蹲伏在那里。而你，
有着信筒色的知更鸟所下的蛋那样的蓝色，
映在那贫苦的房子上，羞怯，迟疑（一个可怜
但无可挑剔的绅士），你的百叶窗带着知更鸟蛋的
绿色。你，街道，被雨打出细细的槽沟，犹如一枚新
硬币，
而所有房子都栽种了乔木身世的树种，
矮种松树倚靠着你，以获得
支撑——向你们致意，再见！

　　而我站在户外的大雨中，朝着
这些榆树的内部看去，树枝以末梢轻碰
倾斜的屋顶，而屋顶被四座壁炉杀害，

那儿的生活，缓慢地，生活变得循规蹈矩，
穿纯色针织泡泡纱连衣裙，有蓝色的眼睛，
浅色头发上别着红色发带，吃着圣代，
眼瞟着年轻男人。

  这城市里，人生
各自聚集日积月累的日子，
仔细得就像悉心维护的草坪。

    经过骄傲的公寓楼，
肥得像是肥肥的钱袋。我但愿
能待在这个愉快的循规蹈矩的
城市，当我细看一棵强健的三叶草
因一滴雨水而向后倒伏。然而
接着，从情绪的一角，好像
芭蕾舞《仙女》(*Les Sylphides*)，不太可能、浪漫，
犹如某些氛围下某些月亮一般，
然后你从街角喊我。然后，
就像金凤花。就像邀请：我。[25]

一篇关于诗歌的短文

　　一个诗人，要是观察他自己的诗歌，其结果难免会是发现没什么可观察的，就像一个过于关注自己走路姿势的人，只会发现腿在他身下迈出去而已。即便如此，诗人有时还是要审视自己，以记住他们正冒着什么风险。我将诗歌视为人间场景的一个样本，是人类无法治愈的严重忧郁症，只能通过情感来弥补。忍耐的这一样本无辜而快乐：元音和辅音的音乐是时间本身自得其乐的回声。没有这种音乐，就没有诗歌可言。这种音乐所携带的负荷，与这音乐形成对照，这音乐借此得到更深刻的快乐——因为这精致的轻快小调，这声音的舞蹈，必须与一种可靠的智慧结合，然后诗才有可能出现。诚然，它们是同一个东西：意义和音乐，隐喻和思想。在诗歌发展过程中，也许会发现新的意识，真正崭新的意识，而不是以任何陈旧的方式把语言扯到一起的组合方式。后者这种新奇很难称得上意义重大，有时只是玩一种可能性，有时是一种真正的新见解：它们就像《项狄传》（*Tristram Shandy*），为人生这个片段增加点东西。[26]

附　注

Ⅰ. JOHN CLARE

1. W.H.Auden, "If I Could Tell You," *Collected Poems*, ed. Edward Mendelson(New York: Random House, 1976), pp. 244-245.

2. Ralph Waldo Emerson, *Emerson in His Journals*, ed. Joel Porter (Cambridge, Mass.: Harvard University Press, 1982), p.401.

3. George Moore, Introduction to *An Anthology of Pure Poetry* (New York: Liveright, 1973), p.18.

4. Ibid., pp.19-20, 32, 37.

5. John Barth, interview, source unidentified; quote revised by Barth in a letter to John Ashbery(electronic mail, April 4, 1999).

6. W. H. Auden, Introduction to *Nineteenth-Century British Minor Poets*(New York:Delacorte,1966),pp.15–16.

7. John Clare, "The Autobiography: 1793—1824," *The Prose of John Clare*, ed. J. W. Tibble and Anne Tibble (London:Routledge and Kegan Paul,1951),p.88.

8. James Reeves,ed.,Introduction to *Selected Poems of John Clare*(London:Heinemann,1954),PP.xi – xii.

9. John Clare, "To Mary," *John Clare: The Oxford Authors*,ed.Eric Robinson and David Powell(Oxford:Oxford University Press,1984),p.342.

10. Donald Davie, "John Clare," *The New Statesman*, LXVII(June 19,1964),p.964,in Mark Storey,ed.,*Clare:The Critical Heritage*(London:Routledge and Kegan Paul,1973), p.440.

11. Elaine Feinstein,Introduction to *John Clare:Selected Poems*(London,1968),quoted in Storey,Introduction,p.22.

12. Harold Bloom, "John Clare: The Wordsworthian Shadow," *The Visionary Company:A Reading of English Romantic Poetry*,pp.450,451,in Storey,pp.434,435.

13. Storey,Introduction,p.22.

14. Clare, "To Wordsworth," *Selected Poems*, ed. with

intro. by Geoffrey Grigson (Cambridge, Mass.: Harvard University Press, 1950), p.178.

15. Clare, "The Elms and the Ashes," in Grigson, p.233.

16. Clare, "Don Juan A Poem," in *John Clare: Oxford Authors*, pp.325,326.

17. Arthur Symons, Introduction to *Poems by John Clare* (1908), in Storey, p.305.

18. Robert Graves, "Peasant Poet," *Hudson Review*, VIII(Spring 1955), pp.99-105, in Storey, p.414.

19. Clare, "Journey out of Essex," in *John Clare's Autobiographical Writings*, ed. Eric Robinson (Oxford: Oxford University Press, 1983), pp.158-159.

20. J. Middleton Murry, "Clare and Wordsworth," *The Times Literary Supplement* (August 21, 1924), p. 511, in Storey, p.360.

21. Søren Kierkegaard, *A Kierkegaard Anthology*, ed. Robert Bretall(Princeton: Princeton University Press, 1973), P.5.

22. Clare, "I found the poems in the fields," in J.W. Tibble, ed., Introduction to *The Poems of John Clare*, 2 vols. (London: J.M.Dent, 1935), p.viii.

23. Murry, in Storey, p.362.

24. Clare, "January: A Winters Day," *The Shepherd's Calendar*, ed. Eric Robinson and Geoffrey Summerfield (London: Oxford University Press, 1964), p.3.

25. Clare, "Recollections After an Evening Walk," in *John Clare : Oxford Authors*, pp.41–42.

26. Clare, "House or Window Flies," in Reeves, p.120.

27. Clare, "The Village Minstrel," in Tibble, vol.1, p.162.

28. Clare, "The Flitting," in Tibble, vol.1, p.251.

29. Clare, "Child Harold," in *John Clare : Oxford Authors*, p.294.

30. Clare, "I Am," in *John Clare : Oxford Authors*, p.361.

31. Bloom, in Storey, p.437.

32. Clare, "A Vision," in *John Clare : Oxford Authors*, p.343.

33. Edward Thomas, "Women, Nature, and Poetry," *Feminine Influence on the English Poets* (1910), pp.80–87, in Storey, p.314.

II. THOMAS LOVELL BEDDOES

1. T. S. Eliot, "Whispers of Immortality," *Collected Poems* 1909—1962(New York: Harcourt Brace, 1963), p.45.

2. Clare, in *John Clare: The Oxford Authors*, ed. Eric Robinson and David Powell (Oxford: Oxford University Press, 1984), pp.351–352.

3. According to "Cottle, the publisher," quoted by H.W. Donner, Introduction to *Plays and Poems of Thomas Lovell Beddoes*, ed. Donner (Cambridge, Mass.: Harvard University Press, 1950), p.xiv.

4. Sir Humphry Davy, *Fragmentary Remains, Literary and Scientific of Sir Humphry Davy* (London: Churchill, 1858), p.150; quoted in Donner, Introduction to *Plays and Poems*, pp.xv – xvi.

5. Donner, Introduction to *Plays and Poems*, p.xiv.

6. Ibid.

7. Beddoes, *The Works of Thomas Lovell Beddoes*, ed. H.W.Donner(London: Oxford University Press, 1935), p.15.

8. John Forster, quoted in Donner, Introduction to *Plays and Poems*, p.xix.

9. George Darley, quoted in Donner, ibid.

10. Beddoes,*Works*,p.254.

11. H.W.Donner,Introduction,in Beddoes,*Works*,p.xxiii.

12. Walter Savage Landor,quoted in Donner,Introduction to *Plays and Poems*,p.xxxix.

13. Beddoes,*Works*,p.636.

14. See discussion of the American surgeon Richard Selzer and Beddoes in James R. Thompson, *Thomas Lovell Beddoes*,Twayne English Authors Series(Boston:Twayne, 1985),p.54.

15. Beddoes,*Works*,p.487.

16. Ibid.,p.488.

17. See Donner,Introduction to *Plays and Poems*,p.xlv.

18. Beddoes,*Works*,p.488.

19. Zoë King(Beddoes's cousin),quoted in Edmund Gosse,Introduction to Thomas Lovell Beddoes,*The Poetical Works*,ed.Gosse(London:J.M.Dent,1890),p.xxxii.

20. Beddoes,*Works*,p.683.

21. Letter from Robert Browning to Thomas Kelsall, May 22,1868(Letter CXI),*The Browning Box:Or,the Life and Works of Thomas Lovell Beddoes*,ed.with intro.by H.W. Donner(London:Routledge and Kegan Paul,1950),quoted in

Judith Higgens, Introduction, *Thomas Lovell Beddoes: Selected Poems*, ed. with intro. by Judith Higgens (Manchester: Fyfield Books/Carcanet Press, 1976), pp.7, 17 n.2.

22. Lytton Strachey, "The Last Elizabethan," *Literary Essays* (New York: Harcourt, Brace and World, 1949), pp.171-172.

23. Gosse, Introduction, in Beddoes, *Poetical Works*, p.xxxvi.

24. Clare, "The Mouse's Nest," in *John Clare: The Oxford Authors*, p.263.

25. Beddoes, "A Crocodile," *Works*, pp.237-238.

26. Beddoes, *Works*, from Fragment XXIX, "Death Sweet," p.243.

27. Beddoes, *Works*, p.234.

28. From *The Album* (May 1823), quoted in Donner, Introduction to *Plays and Poems*, p.lxxiii.

29. Beddoes, *Works*, p.283.

30. Thompson, *Thomas Lovell Beddoes*, p.61.

31. Geoffrey Wagner, "Beddoes, Centennial of a Suicide," *The Golden Horizon* (New York: University Books, 1955), quoted in Thompson, p.61.

32. Beddoes, *Works*, p.342.

33. Strachey, "The Last Elizabethan," p.189.

34. Beddoes, *Works*, p.255.

35. Beddoes, *Works*: "Fragment of 'Love's Arrow Poisoned,'" p.254; "Songs from 'The Bride's Tragedy,'" p.68.

36. Sir Thomas Browne, *Selected Writings*, ed. Sir Geoffrey Keynes (Chicago: University of Chicago Press, 1968), p.149.

37. Strachey, "The Last Elizabethan," p.187.

38. George Saintsbury, *A History of English Prosody from the Twelfth Century to the Present Day* (London: Macmillan, 1910), vol.3, p.150, quoted by Higgens, *Thomas Lovell Beddoes*, p.17 n.1.

39. H.W. Donner, *Thomas Lovell Beddoes: The Making of a Poet* (Oxford: Basil Blackwell, 1935), pp.277-281.

40. Beddoes, *Works*, pp.110-111.

Ⅲ. RAYMOND ROUSSEL

1. Michel Butor, "The Methods of Raymond Roussel" (1950), trans. Roderick Masterton, in *Raymond Roussel*:

Life, *Death*, *and Work*: *Essays and Stories by Various Hands*, *Atlas Anthology*, 4 (London: Atlas Press, 1987), pp. 60–71; and Alain Robbe-Grillet, "Riddles and Transparencies in Raymond Roussel" (1963), trans. Barbara Wright, in *Atlas*, 4, pp.100–105.

2. Here I should say that the day before I delivered this lecture at Harvard, I got a letter from a Rousselian in London telling me that a trunk deposited in a warehouse about 1932, containing a large amount of hitherto unknown Roussel material, had just been found in Paris. Much of this material is now in the Bibliothèque Nationale.

3. Michel Foucault, *Death and the Labyrinth*: *The World of Raymond Roussel*, trans. Charles Ruas, with introduction by John Ashbery(Garden City, N.Y.: Doubleday, 1986).

4. *Bizarre*, 34–35(1964), ed. Jean Ferry.

5. John Ashbery, "Re-establishing Raymond Roussel," *Portfolio and Art News Annual*, 6(Autumn 1962), reprinted in Raymond Roussel, *How I Wrote Certain of My Books*, trans. Trevor Winkfield(New York: Sun, 1977), as "On Raymond Roussel," pp. 43–55; in *How I Wrote Certain of My Books and Other Writings*, ed. Trevor Winkfield (Boston:

Exact Change,1995),as "Introduction"；and in Foucault,as "On Raymond Roussel," with postscript,pp.xiii - xxviii.

6. Rayner Heppenstall, Raymond Roussel: A *Critical Study*(London:Calder and Boyars,1967); *Impressions of Africa*,trans.Heppenstall and Lindy Foord(Calder and Boyars, 1967).

7. François Caradec, V*ie de Raymond Roussel* (Paris: Pauvert,1972);see also his *Raymond Roussel*(Paris:Fayard, 1997),a vastly enlarged version incorporating new discoveries.

8. Jean Cocteau, *Opium : Journal d'une désintoxication* (Stock, 1930)；trans. E. Boyd (Longmans, 1932; Allen and Unwin,1933)；trans. M. Crosland and S. Road (Owen, 1957; Icon,1961).

9. Philippe G.Kerbellec,*Comment lire Raymond Roussel* (Paris:Pauvert, 1988)；see also his *Raymond Roussel : Au cannibale affable*(Monaco:Rocher,1994).

10. Caradec,*Vie*,p.xii.

11. Roger Vitrac, "Raymond Roussel" (1928),*Atlas*,4, p.53.

12. Roussel,*Comment j'ai écrit certains de mes livres* (Lemerre,1935),p.31(my translation).

13. Ibid., p.27.

14. Pierre Janet, *De l'Angoisse à l'Extase* (Alcan, 1926), pp.132–136(my translation).

15. Cocteau, *Opium*, p.194.

16. See Ashbery, "Introduction to Documents," in *How I Wrote*, ed. Winkfield(1995), p.173.

17. Michel Leiris, *Roussel l'ingénu* (Paris: Fata Morgana, 1987), p.67(my translation).

18. Ibid., pp.27–28(my translation).

19. Vitrac, "Raymond Roussel," p.50.

20. Roussel, *La Doublure* (Paris: Lemerre, 1897), p. 32 (my translation).

21. Roussel, *La Vue* (Paris: Pauvert, 1963), p. 73 (my translation).

22. Roussel, *Comment j'ai écrit*, p.30(my translation).

23. Roussel, *Locus Solus* (Paris: Lemerre, 1914; reprinted, Paris: Pauvert, 1965), p.191(my translation).

24. Marcel Duchamp, *Marcband du Sel*.

25. Roussel, *L'Étoile au Front* (Paris: Lemerre, 1925), my translation. For the complete English version, see "The Star on the Forehead," trans. Martin Sorrell, in *Raymond*

Roussel : Selections from Certain of His Books, *Atlas Antholo-gy*, 7 (London : Atlas Press, 1991), pp.139–226.

26. Robbe-Gritlet, " Riddles and Transparencies," in *Atlas*, 4, pp.105, 100.

27. Leiris, *Roussel l'ingénu*, p.76.

28. John Cage, "Lecture on Nothing," *Silence : Lectures and Writings* (Middletown, Conn. : Wesleyan University Press, 1961), p.109.

Ⅳ. JOHN WHEELWRIGHT

1. Wheelwright's review of *A Joking Word and Laura and Francisca* is entitled " Multiplied Bewilderments," *Poetry*, vol.40 (August 1932), pp.288–290.

2. Now housed in the Brown University library.

3. Alan M. Wald, *The Revolutionary Imagination : The Poetry and Politics of John Wheelwright and Sherry Mangan* (Chapel Hill : University of North Carolina Press, 1983), pp.161–162.

4. W.S. Gilbert, "If You're Anxious For to Shine," from *Patience : or Bunthorne's Bride* (1881).

5. Wheelwright, "Bread-Word Giver," *Collected Poems*

of John Wheelwright, ed. Alvin H. Rosenfeld(New York:New Directions, 1983), p.115.

6. Wheelwright, note to "Paul and Virginia," *Collected Poems*, p.58.

7. Wheelwright, "The Good Boy Who Enjoyed the Cake," *Hound and Horn*, 4(April-June 1931), p.428.

8. Wheelwright, note to "Forty Days," *Collected Poems*, p.57.

9. Wheelwright, note to "Come Over and Help Us," *Collected Poems*, p.60.

10. Alvin Rosenfeld and S. Foster Damon, "John Wheelwright: New England's Colloquy with the World," *The Southern Review*, VIII, no.2(Spring 1972), p.316.

11. Wheelwright, "Argument," *Mirrors of Venus*, in *Collected Poems*, p.64.

12. Wheelwright, *Selected Poems*, Poet of the Month (Norfolk, Conn.: New Directions, 1941).

13. Wheelwright, "Verse + Radio = Poetry," in Rosenfeld and Damon, "John Wheelwright," pp.324-325.

14. Wheelwright, "Back to the Old Farm," Review of *A Further Range* by Robert Frost, *Poetry*, vol. 40 (1936),

pp.45-48.

15. Wheelwright, Review of *U.S.1* by Muriel Rukeyser, in *Partisan Review*, vol.4, no.4(1938), pp.54-56.

16. Matthew Josephson, *Life Among the Surrealists* (New York: Holt, Rinehart and Winston, [1962]).

17. Wald, *Revolutionary Imagination*, p.59.

18. "Phallus," *Collected Poems*, p.94.

19. "Sophomore," *Collected Poems*, p.75.

20. "Slow Curtain," *Collected Poems*, p.10.

21. "Quick Curtain," *Collected Poems*, p.11.

22. "Why Must You Know?" *Collected Poems*, pp.23-24.

23. "Any Friend to Any Friend," *Collected Poems*, p.25.

24. "Death at Leavenworth," *Collected Poems*, p.66.

25. "Father," *Collected Poems*, p.78.

26. Wald, *Revolutionary Imagination*, p.129.

27. Ibid., p.257 n.48.

28. "North Atlantic Passage," *Collected Poems*, p.3.

29. Ibid., p.6.

30. Ibid., p.3.

31. Ibid., p.5.

32. Ibid., pp.7–8.

33. Quoted in Rosenfeld and Damon, "John Wheelwright," p.315.

34. Wheelwright, note to "Train Ride," *Collected Poems*, p.154.

35. "Train Ride," *Collected Poems*, p.144.

V. LAURA RIDING

1. Joyce Piell Wexler, *Laura Riding's Pursuit of Truth* (Athens, Ohio: Ohio University Press, 1979). Since I wrote my lecture much more biographical material has surfaced, notably Deborah Baker's *In Extremis: The Life of Laura Riding* (New York: Grove, 1993), and Richard Perceval Graves, *Robert Graves: The Years with Laura Riding, 1926—1940* (New York: Viking Penguin, 1990). It should be noted that the latter author is Robert Graves's nephew, and hence perhaps not entirely unbiased.

2. Robert Graves, "The Nape of the Neck," *Poems* (1914—1926).

3. Quoted by James Moran, "The Seizin Press of Laura

Riding and Robert Graves," *The Black Art* (Summer 1963),
p.35.

　　4. Wexler,*Riding's Pursuit of Truth*,p.96.

　　5. Riding, "Neglected Books," *Antaeus*, 20 (Winter
1976),pp.155-157. "Rational Meaning" was posthumously
published in 1997 by the University Press of Virginia.

　　6. (Riding) Jackson, *Selected Poems: In Five Sets*
(London:Faber,1970).

　　7. (Riding)Jackson,*The Telling* (New York:Harper and
Row,1973).

　　8. Riding and Robert Graves, *A Survey of Modernist
Poetry* (London: William Heinemann, 1927; Garden City, N.
Y.:Doubleday Doran,1928;reprinted,St.Clair Shores,Mich.:
Scholarly Press,1972),pp.11-34.

　　9. Riding and Robert Graves,*A Pamphlet against An-
thologies* (1928; reprinted, New York: AMS, 1970), pp. 96-
97,101.

　　10. Franz Kafka, *The Diaries of Franz Kafka* 1910—
1913, ed. Max Brod, trans. Joseph Kresh (New York:
Schocken,1948),p.277.

　　11. Wexler,*Riding's Pursuit of Truth*,p.xii.

12. (Riding) Jackson, *The Poems of Laura Riding : A New Edition of the 1938 Collection* (New York: Persea, 1980), pp.11,405.

13. Ibid., pp.403-404.

14. Wexler, *Riding's Pursuit of Truth*, p.40.

15. (Riding) Jackson, "Sex, Too," *Experts Are Puzzled* (London: Cape, 1930), p.24.

16. Riding Gottschalk, *The Close Chaplet* (New York: Adelphi, 1926), pp.44,45-46.

17. Ibid., pp.53-54. A revised, somewhat shorter version can be found in *The Poems of Laura Riding* (1980). Both have their merits, but I prefer the earlier one.

18. Barbara Block Adams, *Enemy Self : Poetry and Criticism of Laura Riding* (Ann Arbor and London: UMI Research Press, 1990), p.63.

19. Laura Riding, *Collected Poems* (New York: Random House, 1938), pp.207-208.

20. *First Awakenings : The Early Poems of Laura Riding*, ed. Elizabeth Friedmann, Alan J. Clark, and Robert Nye (Manchester: Carcanet Press, 1992).

21. Quoted in Wexler, *Riding's Pursuit of Truth*, p.154.

22. Ibid. , p.158.

23. W. H. Auden, *Collected Poems*, ed. Edward Mendelson (New York: Random House, 1976), "Law, say the gardeners, is the sun": "Law Like Love," p.208; "This lunar beauty": "This Lunar Beauty," p.57; "Jumbled in the common box": "VII. Domesday Song," in "Ten Songs," p. 213. Mendelson states in a letter to John Ashbery (electronic mail, May 16, 1999) that "as it happens, Auden's typescript table of contents for *The Criterion Book of Modern American Verse* does survive—but he typed it after Laura Riding refused permission to use her poems, so we don't know what WHA wanted to use. As for the poems that he absorbed early on, it's clear that he was most affected by the book *Love as Love, Death as Death*, and the poem he echoed most clearly was 'All Nothing, Nothing.' "

24. John Ashbery, "The Thinnest Shadow," *Some Trees*, reprinted in *The Mooring of Starting Out: The First Five Books of Poetry* (Hopewell, N.J.: Ecco, 1997), p.30.

25. See note 5 above.

26. T. S. Matthews, *Jacks or Better* (New York: Harper and Row, 1977), pp.321–322.

27. Julian Symons, "An Evening at Maida Vale," *The London Magazine* (January 1964), p.41.

VI. DAVID SCHUBERT

1. John Ashbery, "Schubert's Unfinished," *David Schubert: Works and Days, Quarterly Review of Literature Poetry Series 40th Anniversary Issue*, ed. Theodore Weiss and Renée Weiss (Princeton, N.J.: QRL, 1983), p.308.

2. William Carlos Williams, letter to Theodore Weiss, July 16, 1946; reprinted by permission of Theodore Weiss.

3. Theodore Weiss(1980), in *Works and Days*, p.232.

4. W. H. Auden, *Collected Poems* (New York: Random House, 1976), p.329.

5. "No Title," *Works and Days*, p.65; Frank O'Hara, "For David Schubert," *Works and Days*, pp.299–300.

6. "A Multi-Auto-Biography," ed. Renée Karol Weiss, *Works and Days*, p.108.

7. Theodore Baird, in "A Multi-Auto-Biography," *Works and Days*, p.91.

8. "A Multi-Auto-Biography," *Works and Days*, p.83.

9. *Works and Days*, p.16.

10. Letter from Judith Schubert to M. D. Zabel, in "A Multi-Auto-Biography," *Works and Days*, p.272.

11. David Schubert, *Initial A: A Book of Poems* (New York: Macmillan, 1961).

12. Auden, *Collected Poems*, p.329.

13. Irvin Ehrenpreis, "Homage to Schubert the Poet," *Works and Days*, p.321.

14. Rachel Hadas, "Eloquence, Inhabited and Uninhabited," *Parnassus* (Fall/Winter 1984), p.139.

15. *Works and Days*, pp.3-4.

16. Hadas, "Eloquence," pp.139,134.

17. "A Multi-Auto-Biography," *Works and Days*, p.165.

18. *Works and Days*, p.312.

19. Hadas, "Eloquence," pp.138,136.

20. *Works and Days*, p.38.

21. Hadas, "Eloquence," p.144.

22. "A Multi-Auto-Biography," *Works and Days*, pp.193-194.

23. Schubert, *Works and Days*, p.20.

24. Ibid., pp.24-25.

25. Ibid., pp.35-36.

26. Ibid., p.1.

译后记

　　一种文化往往暗含着对另一种文化敞开的角度，这不一定是偏见，而仅仅是一种习性。基于一种文学传统对另一种文学的阅读难免是有局限的，而借助翻译的阅读则更可能有局限。局限当然也有其意义，能够昭示我们浸淫其间的文化如何限定我们向外看的视角，也暗含着我们即便打开自己的触角也还会是有选择的。从这样的角度看局限是为了反观自己。为了反观自己，更要从构成他者的历史具体性中获得充分的细节，因为只有对他者有丰富的理解，才有可能充实自己的反观。

　　文学译介，除了语言译转导致的差异甚至损失之外，作家作品的选择又会因为目的语文化的敞开角度而难免呈现出一种单线化或单面化的倾向。这种单线或单面往往还会显示为一种大师叙事式的文学史观或标准。很有可能，我们把不同时代的所谓代表作家贯穿起来，形成某种进步的可理解的叙述，于是一种文学传统就以历时的文学史叙述构建并呈现出来，读者则依据选择性译介的作品再度构建一种外国文学史或文学传统，这样的阅读极有可能将一个时代的某位"大师"视为超越时代横空出世的强人。譬如，对于美国诗歌，我们耳熟能详的是两个作为源头的大诗人：惠特曼和狄金森。然而，外国读者往往并不一定能将这两个诗人融入或还原到其文学传统中，或者说，译文中的他们没有所谓的传统或者原始语境，他们是超越时代语境和文化传统的作家。我们阅读惠特曼和狄金森，似乎没有连贯性的传统，而是突然我们就读到了现代派，我们数出庞德、威廉姆斯，甚至和美国断不开联系的 T. S. 艾略特、W. H. 奥登。我们进而阅读一些更新的、日渐显赫的名字，例如我们阅读弗罗斯特、金斯堡、毕肖普、斯奈德等等，当然我们还阅读当代诗，见到这些诗人，就像我们来到一条河边，看到跳出来的鱼儿，我们说我们看到了河中的生命。当然，我们可能无从看出那些不同的鱼儿从哪条支流而来，我们需要捉到一条鱼问问吗？

我是说，美国诗歌写作者如何化用其语言传统中内部资源、如何借鉴外部资源，除了学术性的研究之外，我们能否从写作者的角度了解呢？有必要吗？手头的这本书可以说就是这样的一条鱼。

这本书是美国诗人约翰·阿什伯利基于他哈佛大学诺顿系列的演讲改编而成的。他说他所讲的这六位诗人影响了他自己的写作，而这几位诗人又是我们的翻译所忽视的，事实上即便当代英语普通读者也忽视了他们，因此他不得不比较详细地讲述这六位诗人的生活与作品。他们是约翰·克莱尔、托马斯·罗威·贝多斯、雷蒙德·鲁塞尔、约翰·惠尔赖特、劳拉·瑞丁和戴维·舒贝特（我故意不加上原文，估计很少有读者会想到在我们的译文中某处看到过这样的名字吧）。阿什伯利声称自己既非学者又非评论家，但他对六位诗人的评介却很充分，至于我们如何接受他的评介，则是另一个问题了。例如，我们在读后是否因此会寻找这些诗人的诗作来进一步阅读呢？我作为译者，在翻译之前和翻译过程中，确实阅读了这些诗人的很多作品。现在，是将译文交给读者的时候了。

必须交代一句的是，由于我不可救药的三心二意，未能集中于这整部作品的翻译，因此翻译过程拖得太久，以至于可能影响到这本书的出版计划，在此必须感谢编辑和出版社的耐心。

是为记。

范静哗

2018年12月

OTHER TRADITIONS
by John Ashbery
(Copyright notice exactly as in Proprietor's edition)
Published by arrangement with Georges Borchardt，Inc.
through Bardon-Chinese Media Agency
Simplified Chinese translation copyright © (2019) by Guangxi People's
Publishing House Co.，Ltd.
ALL RIGHTS RESERVED

图书在版编目（CIP）数据

别样的传统 /（美）约翰·阿什伯利著；范静哗译.—南宁：广西人民出
版社，2019.3
（哈佛诺顿讲座）
书名原文：Other Traditions
ISBN 978-7-219-10742-3

Ⅰ.①别… Ⅱ.①约… ②范… Ⅲ.①诗歌美学—诗歌研究 Ⅳ.①I052

中国版本图书馆CIP数据核字（2018）第 251939 号

别样的传统

［美］约翰·阿什伯利/著　范静哗/译

出 版 人　温六零
责任编辑　吴小龙　许晓琰　陈　威　姚龙生
责任校对　林丹丹
封面设计　刘　凛
印前制作　麦林书装

出版发行　广西人民出版社
社　　址　广西南宁市桂春路 6 号
邮　　编　530021
印　　刷　广西民族印刷包装集团有限公司
开　　本　787mm×1092mm　1/32
印　　张　7
字　　数　128 千字
版　　次　2019 年 3 月　第 1 版
印　　次　2019 年 3 月　第 1 次印刷
书　　号　ISBN 978-7-219-10742-3
定　　价　42.80 元